阿坝州社科丛书

禹迹岷山

王明军 李道萍／编著

经济日报出版社

图书在版编目（CIP）数据

禹迹岷山 / 王明军，李道萍编著. -- 北京：经济
日报出版社，2022.2
ISBN 978-7-5196-1046-3

Ⅰ.①禹… Ⅱ.①王… ②李… Ⅲ.①散文集–中国
–当代 Ⅳ.①I267

中国版本图书馆 CIP 数据核字(2021)第 281570 号

禹迹岷山

编　　著	王明军　李道萍
责任编辑	王　含
责任校对	蒋　佳
出版发行	经济日报出版社
地　　址	北京市西城区白纸坊东街 2 号 （邮政编码:100054）
电　　话	010-63567684 （总编室）
	010-63584556　63567691 （财经编辑部）
	010-63567687 （企业与企业家史编辑部）
	010-63567683 （经济与管理学术编辑部）
	010-63538621　63567692 （发行部）
网　　址	www.edpbook.com.cn
E－mail	edpbook@126.com
经　　销	全国新华书店
印　　刷	成都兴怡包装装潢有限公司
开　　本	787mm×1092mm　1/16
印　　张	12.00
字　　数	180 千字
版　　次	2022 年 2 月第 1 版
印　　次	2022 年 2 月第 1 次印刷
书　　号	ISBN 978-7-5196-1046-3
定　　价	88.00 元

阿坝州社会科学事业专项资金

资助项目出版说明

　　阿坝州社会科学事业专项资金资助项目旨在鼓励广大社科研究者潜心治学，扶持基础研究的优秀成果。它是经过严格评审，从业已完成的科研成果中遴选确定的。为扩大社科资金资助项目的影响，更好地推动学术发展，促进成果转化，州社科联按照"统一标识、统一版式、符合主题、封面各异"的总体要求，组织出版阿坝州社科资金资助项目。

阿坝州社会科学界联合会

序

李祥林

2020 年 9 月下旬，来汶川参加以"华夏大禹情，中国无忧地"为主题的阿坝州大禹文化学术交流会。在论坛上，我以"汶川大禹传说：文化遗产和文化资源"为题，从 3 个方面进行了扼要论述：作为文化遗产的大禹传说、作为文化资源的大禹传说、作为文化生态保护区项目的大禹传说。会议期间，遇见友人王明军，他递上书稿《禹迹岷山》，请我写序。"禹的传说"作为来自川西北羌族地区的民间文学类非遗项目，是由汶川和北川共同申报的，如今已列入国家级名录。明军是尔玛作家，我两相识多年，笔头勤奋的他又捧出了新作。

从文献记载看，"禹兴于西羌"（《史记·六国年表》）之说自古流传，相关表述见于历代。汉代陆贾《新语·术事》亦云："大禹出于西羌。"那么，禹生西羌的具体地点何在？《太平御览》卷八十二引扬雄《蜀王本纪》："禹本汶山郡广柔县人也，生于石纽。"郦道元《水经注·沫水》："禹生于蜀之广柔县石纽村。"汉代广柔县，范围大致相当于今天阿坝州的汶川、茂县和绵阳市的北川。《吴越春秋·越王无余外传》称，大禹"家于西羌，地曰石纽。石纽在蜀西川也"。《华阳国志·蜀志》云"石纽，古汶山郡也"，大禹出生在"石纽刳儿坪"。明代周洪谟有《雪山天下高诗》："此去石纽无几许，昔钟灵秀生大禹。当时自此导江流，至今名垂千万古。"民国元老于右任有《汶川纪行诗》："石纽山前沙尚飞，刳儿坪上黍初肥。茫茫禹迹何处得，蹀躞荒山汗湿衣。"石纽所在，除了汶川说，也有北川说（《新唐书·地理志》），等等。诚然，这些历史记忆在疑古派史学家看来是"层累地造成的"，从诸如此类记载中亦未必能得出百分之百的信史，但至少提醒我们，"禹兴于西羌"作为民间信念由来已久，川西北尔玛人关于大禹的种种叙事并非空穴来风，这是今天我们研究羌族文化不可忽视的。

从口头传说看，大禹故事在川西北羌区有种种呈现（神话、歌谣、戏剧等）。我常常讲，羌族大禹传说是对中国大禹传说的独特贡献。该传说在羌族地区始于何时无从考证，但是从人类学的族群理论看，处于中原之"西"的羌人世世代代讲述大禹故事，既是在表达他们对上古英雄人物的膜拜颂扬，并借此神圣叙事增强族群内聚力，也是在中华民族大家庭格局下表明一种认祖归宗的意念。汶川、北川、理县、茂县至今多有禹迹及传说，绝非偶然。绵虒有刳儿坪，相传是大禹降生之地，当年卫聚贤来此调查相关故事，有年老羌民对他说："汉人不应当叫我们叫蛮子，大禹王也是羌人，是不应叫大禹王叫蛮子的。"卫问："大禹王是羌人，有何证据？"羌民说："古老传言如此。"（《石纽探访记》）也许，你可以怀疑这"古老传言"内容的历史真实性，甚至你会将此传言视为某种"传统的发明"（invention of tradition），但是，你无法质疑尔玛人讲述这故事时情感表达的真诚性，也无法忽视他们讲述此故事背后族群意识指向的真实性。从文化学、人类学而非历史学、考古学考察大禹故事之于羌人，我认为真正应该重视的是民间文学口头叙事包裹下的族群意识和文化心理。正是这种意识和心理，铸就了川西北羌地不同区域尔玛人对这位古代伟人的敬奉和热爱。

这部《禹迹岷山》，正表达着当代羌族作者对大禹的崇拜之情。大禹是历史人物，学界通过地下文物、古代文献来探考大禹生平，旨在证明大禹是真实而不是虚构的人物。与此同时，大禹也是传说人物，是在历史人物基础上产生的传说人物，"禹的传说"被作为民间文学类项目列入非遗名录，并非偶然。民间文学是民众集体创造并口口相传的文学。传说是民间文学种类之一，"民间传说是围绕客观实在物，运用文学表现手法和历史表达方式构建出来的，具有审美意味的散文体口头叙事文学"，人物传说总是"包含着民众对这些历史人物的评价"（刘守华等主编《民间文学教程》）。较之历史人物，传说人物具有构建性，是在民众口碑中以文学的方式创造的形象。汶、理、茂、北民间多有大禹故事口碑，不同区域的大禹传说亦因地方文化和民间意识的熏陶濡染而丰富多彩。汶川有汶川的大禹传说，北川有北川的大禹传说，理县、茂县有理县、茂县的大禹传说，羌地各县大禹传说表达着各地民众意愿，各有其存在的民间心理依据，它们相互映照，彼此互补，共同组成了川西北羌族大禹传说的整体。

以"岷山"为叙事界域，《禹迹岷山》全书共 10 个部分，实际上汇编着三方面内容：前八章从文献到文物、从地名到胜迹、从仪式到民艺，是对所收集资料的梳理和归类；第九章"大禹治水故事"，则是作者在多年收集资料基础上创作的文学作品；末章是对大禹精神的内涵和现实意义的阐述。尽管收集的各种资料未全部就版本来源、信息提供等详加说明，但看得出作者多方寻求的努力，他做此事时的感情很投入。"大禹治水故事"是一部自成系统的章回体小说式作品，从《开天辟地　女娲黄泥造人烟》开篇，到《禹治九州　万邦归顺建夏国》结尾，中间包括《临危受命　鲧大战怪兽妖孽》《梦游月宫　禹知鲧事誓治水》《紫坪导水　禹开山斧战夔牛》《大禹提亲　木姐送礼到涂山》《化猪拱山　东别为沱治西海》等章节，不乏传奇意味。整部作品，启运神思，发挥想象，汇入羌地元素，融入族群情感，具有不可谓不浓的文学性色彩。对此罩着神话之奇异面纱的作品，爱好文学的读者想必更有兴趣。

2020 年初冬于教育部人文社科重点基地
四川大学中国俗文化研究所

（序文作者：四川大学教授、四川省民俗学会副会长、中国艺术人类学学会常务理事）

目录

/

CONTENTS

禹之圣山

岷山，禹之圣山

几乎所有的先秦古籍，对大禹都有一些记载，彼此之间也不完全一样。关于大禹的出生地，历代各类文献史籍记载互有分歧争议，近年却在全国掀起大禹故乡争夺战，四川汶川、北川、都江堰等地，浙江绍兴、山东禹城等地都在争夺，而且愈争愈烈。大禹千百年来被顶礼膜拜、奉为天神，被后人供奉却是不争的事实。

《史记》中司马迁记叙了大禹治理洪水的事迹，但是他没有记载大禹具体的出生地。其他历史文献记载禹出生地也不具体，最早明确记载"禹兴于西羌，禹生于石纽"的古籍是周代的竹简文献《竹书纪年》古本。《竹书纪年》是我国目前已知的最早的编年史书，所载内容如"禹都阳城""禹铸九鼎""颁夏时于邦国"等，已为近几十年的考古文物所印证，突显其信史的历史地位。近年出土的文物也印证了《竹书纪年》中禹生石纽、禹兴于西羌的记载。

现今对大禹的出生地望分歧甚大，一时难以确认，禹生于石纽，而石纽地望也有不同。今石纽地望有四说：一为今汶川县飞沙关山岭；二为今北川县禹里乡之石纽山，三为今理县通化汶山寨石纽山；四为今都江堰市之北龙池山。古人没能说清楚，今人又争论不休，其孰是孰非，各有道理。但这石纽终属岷山，岷山，禹之圣山也。

岷通汶，岷山即汶山。禹生羌乡石纽，其地在汉之汶山郡广柔县，今天的汶川、理县、北川、茂县及都江堰市部分地区。即之岷山中部，也即今羌族主要聚居区。而岷山自中国甘肃省西南部延伸至四川省北部的一褶皱山脉，大致呈西北至东南走向，南北逶迤700多公里，有"千里岷山"之说。岷山是长江水系的岷江、涪江、白水河与黄河水系的黑水河的源头。岷山实为长江与黄河的分水岭，也是南北划分的一道天然分界线。当第四纪冰川消融时，地质灾害频繁，火山喷发，地震不断，世界一片汪洋。唯独岷山像汪洋中的一叶孤舟，漂浮在洪水之上。这就是西方创世纪神话中的"诺亚方舟"。

在岷山之域，生活着华夏的祖先——伏羲族群。伏羲在此观天测地，把对宇宙的感性认识提高到理性认知的高度，创立了阴阳八卦、太极的理念。炎黄部族在此肇生，随着洪水的消退，将华夏文明的火种，沿黄河、长江播撒到神州大地。岷山为长江上游支流岷江的发源地，古代称为长江正源，是江源文明的中心。"岷渎""渎山""蜀山""汶山"等都是岷山的别称，而岷山玉从大禹建立夏朝以来就为中原王朝所用。《水经注》：岷山即渎山，水曰渎水，又谓之汶阜，即陇山之南首也，故称陇蜀。《史记·封禅书》：自华以西名山曰渎山。渎山者，汶山也。岷山的大跨度高海拔，岷山的雪山冰川，岷山的险境魔幻，岷山的峥嵘万状，足以让每一个造访者跃跃欲试却又敬而远之。大洪荒时期，在岷山区域生活着华夏族群。对于中国的远古先民来说，岷山是遥远、神秘的，是中国古史神话传说中上帝与众神的天庭所在地。岷山被称为古昆仑山，是因为昆仑山是中国古神话的出处。相传元始天尊的道场就在昆仑山，而岷山由于也有许多神话传说，如《开天辟地》《洪水朝天》《兄妹造人烟》《夏禹王治水》等，而且就中国的神话体系来说几乎与昆仑山持平，是神仙文化、道教发祥地，中华人文女祖、蚕桑神嫘祖和治水英雄大禹的故里、古蜀文明的发祥之地，故而被称为昆仑山。远古"昆仑"原非一山之专称，而是表示神化的山的通用名称。从这个意义上讲，岷山是昆仑神话的中心，岷山是华夏文明的圣山，也是禹之圣山。

史载，禹是夏朝的第一位天子，因此后人也称他为夏禹。他是中国古代传说时代与尧、舜齐名的贤圣帝王，他最卓著的功绩，就是历来被传颂的治理滔天洪水，和建立华夏第一个国家政权——夏朝。禹功高盖世、德行天下、后世敬仰，后人称他为禹、大禹、夏禹、帝禹。从夏启开始，历代帝王都来祭祀禹，在民间也修禹庙、禹陵、禹祠、禹王宫来祭祀敬仰。华夏之地，仍禹迹芒芒。而禹是治水的英雄，在中国几千年中一直被世人敬仰与歌颂。

西汉武帝元鼎六年（前111），以冉駹部落之地置汶山郡，因汶山得名。辖境相当今四川理县、茂县、松潘、汶川、都江堰、黑水等市县地。其后废置不常，治所屡迁。治在汶江县（在今四川茂县北），属益州。西汉宣帝地节三年（前67），撤销汶山郡，辖县改隶蜀郡。东汉安帝延光三年（124），复设蜀郡北部都尉汶山郡，治绵虒道（今汶川县西南）。不久废。刘备定蜀，再置汶山郡，晋移郡治汶山县，在今四川理番县废保县南（桃坪镇古城村）。南北朝刘宋王朝时，迁汶山郡治于都安县（今灌县城），北周武帝保定四年（564）属汶州。隋文帝开皇三年（583）撤销汶山郡。隋开皇初废。大业初又曾改会州为汶山郡。

《史记·六国年表序》说："禹兴于西羌。"诸多史籍都记载禹生于汶山郡广柔县的石纽，传说其母因吞神珠感孕剖胁而产禹，故其地名剟儿坪。今北川县、汶川县和理县乃至都江堰市的龙池都有"石纽"和"禹穴"的纪念地。北川县禹里羌族乡有石纽山，上有汉隶"石纽"二字石刻，传为扬雄所书。楷书"禹穴"二字为唐李白手迹，篆文"禹穴"不知书自何人。汶川县飞沙关也有"石纽山"纪念地，刻有"石纽山"三字石刻，字迹苍劲古朴。山上有剟儿坪岩洞，刻有"禹迹"两字。在理县的汶山寨也有石纽山，悬崖峭壁上刻有"石纽山"三字。西羌、汶山、广柔、石纽，考证于历史乃属于岷山山脉之中段地区。羌人中世代心口相传与中华古迹记载形成了相互佐证的关系。禹兴西羌，禹出西羌，生于石纽，其禹生于岷山是不争的事实。

相传，禹治理洪水有功，受舜禅让而继承帝位。在诸侯的拥戴下，禹王正式即位。而上古神话传说，一说鲧剖腹生禹，另一说鲧之妻修己喝水误食"薏"后怀孕3年，生下大禹。不管是鲧剖生禹，还是修己误食"薏"孕而生禹，还是女嬉剖腹生禹，最早说到禹的出生地的历史文献，现在能查到的是西汉初的陆贾《新语》说："文王生于东夷，大禹出于西羌。"第二个人是司马迁，在《史记六国年表序》中说："禹兴于西羌。"而唐代司马贞撰写《史记索隐》称："皇甫谧曰：'孟子称，禹生石纽，西夷人也。'"三国蜀汉时期的大儒秦宓，他引述《蜀本纪》说："禹生石纽，今之汶山郡是也。"《水经·沫水注》："广柔县有石纽乡，禹所生也。"西汉著名学者扬雄《蜀王本纪》载："禹本汶山郡广柔县人也，生于石纽，其地名痢儿畔。""禹，六月六日生于石纽。"

大禹兴于西羌，大禹治水始必是岷江。这就是说，大禹最开始治水的地方是在出自岷山的岷江。《尚书·禹贡》说"岷山导江，东别于沱"，纵观岷江流域，要将岷江之水分流到沱江去，唯一只有一个工程可以办到，那就是都江堰水利工程。他在岷江出峡附近，今都江堰市境内进行疏导，在岷江东侧今成都平原上依水度势，开凿一条叫沱江（大约在今柏条河走向上）的新河分流减灾，消除了成都平原的水患。岷江之水被"鱼嘴"分流，"别"一部分水经"宝瓶口"流向沱江，这就是"别"的意义所在。这已经告诉了我们大禹初始治理岷江的经历和现实存在。公元前316年秦灭蜀后，秦人将都江堰水利工程的功劳完全记在了李冰身上，这实际上是一个谬误。《尚书·禹贡》记载了大禹治水的很多事迹，正是大禹修筑了都江堰水利工程，将岷江之水"别"到了沱江去，造就了成都平原水旱由人、润泽万年的"天府之国"。大禹是第一个治理岷江的伟人，都江堰人为了感谢大禹治水的功绩，在玉垒山下修建了"禹庙"供奉大禹。而后世的秦代李冰修筑都江堰，也是夏禹治理岷江疏导思想指导下的功绩。禹治岷江，水旱从人，禹之功绩泽被后人。岷山中人敬禹拜禹，修祠建庙，立碑刻石，会盟祭祀。岷山中的人们世代崇禹拜禹，岷山成了禹之圣山。今之汶川有大禹祭坛、威州姜维城禹王祠，大禹青铜像，理县通化乡汶山村禹王宫、石纽山石刻，桃坪镇古城村禹庙，北川县禹王庙，石纽、禹穴石刻，茂县土门建有禹王庙、石王菩萨庙，石纽乡、石鼓乡、镇江石、禹乡街等。在汶川流传下了许多与大禹有关的地名，大禹坪、刳儿坪、涂禹山、禹背岭、大禹坪、娘子岭、黄龙寺、卧龙、龙池、九龙山、天赦山等。

岷山，禹之圣山也。

禹与西羌

禹生汶山、禹生西羌、禹生石纽、禹生广柔是关于大禹出生问题探讨的一个重要话题。而关于大禹，诸多史实记载已成蛛丝马迹、若隐若现，历史文献中有关大禹出生的记载各说不一。近年来，人们因现实的需要而纪念大禹、追忆大禹事迹时，经过大量研究，文献记载对比，大禹生世的记载经历了禹生于石、禹兴于西羌、禹生于汶山、禹生于广柔、禹生于石纽，一个从模糊到清晰、由泛指到具体、由笼统到事实的演变过程。

不管是在古代羌人还是现代羌人中都尚存石崇拜。羌人崇拜白石并以白石为诸神的表征，这与羌人的宗教信仰相关。羌人世代相传的口碑史诗《羌戈大战》是这样说的：现今生活在川西北的这支羌族的远祖原本生活在西北大草原。那里水草丰美，牛羊成群。后来遭到北来的异族入侵，羌人被迫迁徙，羌人9弟兄率9支人马各奔前程。其中一支在大哥阿巴白狗率领下奔向了补尔山。这时敌兵突然来袭，激战三天三夜，羌人且战且退，损失惨重。就在这支羌人败退到无路可走时，他们便向天女"木姐珠"祷告，祈求帮助。于是木姐珠从天上抛出3块白石，顿时变成岷山上的3座大雪山，挡住了敌兵的追赶，这支羌人乃得以来到松潘境内的热兹草原安居。3年以后，羌人重建家园有了成效，于是大家决定在雪山顶上捧白石，白石供在房顶正中间，以兹报答神恩。后来，羌人在这里又受到来自今茂汶一带称作"日补坝"地方的一支叫"戈基人"的侵犯，羌人屡战不胜，又求助于天神"几波尔勒"，几波尔勒授白石给羌人，羌人赶走了戈基人，终于在岷江上游定居下来。于是，羌人又增强了对白石崇拜的信念。白石崇拜并不限于现今的羌族，它还盛行于讲羌语的一些民族，乃至藏缅语族的嘉绒藏族、尔苏藏族、木雅藏族、普米族等民族中都对白石崇拜，其风俗极盛。近年四川的考古工作者在茂县别立寨的早期石棺葬中发现有以白石作为随葬品的情况。白石有的撒在石棺内人骨架的上半部，有的放置在人骨头部，有的堆放在人头骨的两侧。这种以白石随葬的情况，在岷江上游的石棺葬中尚属首次发现，但说明它保存了古之氐羌对石头的特殊重视。可以说解决了从考古学资料论证羌人白石崇拜渊源的问题。羌人杀牺牲洒血于白石，我们再联系到有关禹与启相关石崇拜的记载与遗迹，包括白石与"血石"崇拜，不难看出禹与羌确实有着族源与文化上的密切关系。

史载大禹

　　史载：大禹，出生在公元前 21 世纪，亦称"禹""夏禹""禹王"，姒姓，是中华民族首个王朝夏朝的建立者，是夏后氏部落领袖，奉承舜帝命令治理洪水。大禹领导人民治水 13 年，三过家门而不入，疏通江河，兴修沟渠，发展农业，人民得以安居乐业，被舜推举为继承人。舜死后禹继位，划定九州，铸造九鼎，建立我国历史上第一个世袭制国家——夏朝，第一次确立君主世袭的政治制度。

禹之世系

　　关于禹的出生，史书记载和民间传说也都有不同，很多学者考察后的学说也不同，禹出生的记载有如下几种说法：一是禹兴于西羌、家于西羌、生于西羌、出于西羌；二是禹生于石纽，本汶山郡广柔县人；三是禹母吞神珠孕禹，修己背剖或刻胸、剖腹而生；四是鲧剖腹而生禹；五是禹产于琨石，启生于石；六是禹为西夷之人。禹，姓姒，名文命，字（高）密，黄帝的玄孙、颛顼之孙（或六世孙之说）。其父鲧，被帝尧封于崇，

大禹铜像

为伯爵，世称"崇伯鲧"或"崇伯"。

大禹姒姓。史学家司马迁云：从黄帝到舜、禹都是同一姓，同一族别而不同诸侯国的封称，来彰明自己光明的德行。从同一族号分出了不同的分支，由于各分支散居各地，子孙繁衍，帝禹从夏朝分支以后将氏号姒作为了姓。《史记·五帝本纪》载："自黄帝至舜、禹，皆同姓而异其国号，以章明德。故黄帝为有熊，帝颛顼为高阳，帝喾为高辛，帝尧为陶唐，帝舜为有虞，帝禹为夏后而别氏，姓姒氏。"

先秦时期撰的《世本·帝系》载："黄帝生昌意，昌意生高阳，是为帝颛顼。五世而生鲧，鲧生高密，是为禹。"

《史记·十二本纪·夏本纪》载："夏禹，名曰文命。禹之父曰鲧，鲧之父曰帝颛顼，颛顼之父曰昌意，昌意之父曰黄帝。禹者，黄帝之玄孙而帝颛顼之孙也。禹之曾大父昌意及父鲧皆不得在帝位，为人臣。"

司马迁说：帝舜荐大禹为帝位继承人，帝舜死后，禹守丧3年后，大禹避开舜之子商均来到阳城，天下诸侯都离开帝舜商均而去朝拜大禹。大禹于是继承天子，登临帝位，接受天下人的朝拜。国号为夏后，以姒为姓。《夏本纪》载："帝舜荐禹于天，为嗣。十七年而帝舜崩。三年丧毕，禹辞辟舜之子商均于阳城。天下诸侯皆去商均而朝禹。禹于是遂继天子位，南面朝天下，国号曰夏后，姓姒氏。"

孔安国等撰《尚书正义》载："禹名文命，西夷人也。"

皇甫谧撰《帝王世纪》载："（禹）名文命，字高密，长于西羌，西夷人也。"

戴德撰《大戴礼·帝系》载："颛顼产鲧，鲧产文命，是为禹。"

禹生于石

西汉皇族淮南王刘安主持撰写的《淮南子·修务篇》云："禹生于石。"高诱注："禹母修己，感石而生禹坼胸而出。"

西汉皇族淮南王刘安主持撰写的《淮南子·修务训》载："禹生于石"，传说禹之子"启生于石"。

《墨子》言："禹产于昆石，启生于石。"

唐代欧阳询等编纂的《艺文类聚》卷六引《随巢子》云："禹产于混石，启生于石。"

《帝王纪》载："禹母修己夜见流星人二十八宿之昴，吞神珠薏苡，胸度裂而生禹。"

禹生西羌

春秋末年，鲁国左丘明的《左传》载："禹生自西羌。"

战国末年，著名唯物主义思想家荀况的《荀子·大略》则称"禹兴于西王国"。杨京注或曰："大禹生于西羌。西王国，西羌之贤人也。"

西汉史学家司马迁《史记·六国年表序》中说："故禹兴于西羌。"《说文》兴，起也。即大禹出生在西羌之地。

西汉初的思想家、政治家、外交家陆贾在《新语》中说："文王生于东夷，大禹出于西羌。"

南朝宋时期史学家范晔编撰的《后汉书·载良传》载："仲尼长东鲁，大禹出西羌。"

《国语·晋语》载："大禹兴于西羌。"

禹生石纽

《竹书纪年》载："帝禹夏后氏，母曰修己出行，见流星贯昂，梦接意感，既而吞神珠，修己背剖，而生禹于石纽。虎鼻大口，两耳参镂，首戴钩铃，胸有玉斗，足文履已，故名文命。"

战国中期的孟子及弟子访记录的《孟子》载："禹生石纽，西夷之人也。"

三国蜀汉时期的大儒秦宓，他引述《蜀本纪》说："禹生石纽，今之汶山郡是也。"

三国谯周撰的《蜀本纪》载："禹本汶山广柔县人也，生于石纽。"

西汉著名学者扬雄《蜀王本纪》载："禹本汶山郡广柔县人也，生于石纽，其地名痢儿畔。""禹，六月六日生于石纽。"

东汉赵晔撰的《吴越春秋·越王无余外传》云："鲧娶有莘氏之女，名曰女嬉，年壮未孳，嬉于砥山，得薏苡而吞之，意若为人所感，因而妊孕，剖胁而产高密。家于西羌，地曰石纽。石纽，在蜀西川也。"

晋《华阳国志》记载："石纽，古汶山郡也。崇伯得有莘氏女，治水行天下，而生禹于石纽之刳儿坪，夷人营其地，方百里不敢居牧，有过逃其野，不敢追，云畏神禹。"

魏晋的皇甫谧也在《帝王世家》中注解道："孟子曰，禹生石纽，西夷人也。传曰：禹出西羌，是也。"

皇甫谧撰《帝王世纪》载："伯禹夏后氏，姒姓也，生于石纽，长于西羌，西羌人也。"

西晋陈寿所著的《三国志·蜀书》载："禹生石纽，今之汶山郡是也。"

梁沈约撰《宋书·符瑞志》载："帝禹夏后氏，母曰修己。出行，风流星贯鼻，梦接意感，既而吞神珠，修己背剖，而生禹于石纽。"

北魏晚期的郦道元著的《水经注》载："广柔县有石纽乡，禹所生也。"

唐李吉甫撰的《元和郡县图志》云："广柔故县，在县西七十二里……禹本汶山广柔人，有石纽邑，禹所生处，今其地名刳儿畔。"

唐代司马贞撰写《史记索隐》称："皇甫谧曰：'孟子称，禹生石纽，西夷人也。'"

唐末五代大学者杜光庭《青城记》载："禹生石纽，起于龙冢，龙冢者，江源岷山也。有禹庙镇山上，庙坪八十亩。"

宋代祝穆撰《方与胜览》载："禹生于石纽。"

《方册》载："禹生石纽，古汶山郡也。"

《通鉴辑览》载："夏后氏大禹，姒姓，颛顼之孙鲧之子，生于石纽。"

北宋初期乐史撰的《寰宇记》又说："石纽村在汶山西一百四十里。"

禹生汶川

唐代张守节所撰《史记正义》云："禹生于茂州汶川县，本冉駹国，皆西羌。"

唐初魏王李泰主编《括地志》载："茂州汶川县石纽山，在县西北十三里。"

西晋陈寿《三国志》说，禹生石纽，今之汶山郡是也。又说禹生汶川郡之石纽，夷人不敢牧其地。

晋朝陈寿在《蜀志》中云："《华阳国志》《益州记》《水经注》等志书中都有关于禹生汶川的记载。"

《辞源》"石纽"释文"在今四川省汶川县境"。

而上述记载，或言禹生西羌、禹生广柔、禹生石纽、禹生汶川，并不矛盾。西羌与汶川的关系：西羌是一个大概念，指古代西夷地区，包含现今汶川。广柔与汶川的关系：广柔县治汉代在今理县桃坪镇古城村，晋时迁至今汶川羊店，《华阳国志》云："按广柔，隋改曰汶川。"岷山，即汶山，古代"岷""汶"音义同。

汶川县历史上第一本志书是《汶志纪略》，清朝嘉庆十年（1805）汶川县县令李锡书所修，离现在也有 200 余年的历史了。书中卷四，专门介绍古迹，用很大篇幅讲述禹生汶川的道理。民国汶川县令祝世德修书《大禹志》，对其中大禹生汶川事未有增溢，"余以为在或人未更新之有力证据时，应暂以此说为是"。

文物说大禹

关于大禹，过去有学者认为他是一个传说中的人物，大禹创立的夏王朝，可能是靠不住的。那么，大禹的记载是信史还是纯属杜撰？对大禹以及夏王朝的研究，有从文献记载、有从民间传说、考古发掘等方面进行了研究，而从文化人类学、社会学的研究那又是另一种方式，很多研究者都把它们各自分开。而进入新时期，其文化研究有了新的方法，那就是把多方面的研究相互结合起来，从口耳相传到文字记载的文献史学，从考古发掘的遗迹遗物来印证传说、文献记载，应用多种研究方法，得出一个比较真实的结论。

关于大禹是否真有其人，古史辨派曾提出过怀疑。疑古派学者认为，"历史上并无大禹其人，大禹是由神人格化为人，其本源实为一条虫。"禹字源解说禹，金文 =（虫，蛇）+（用手抓、捕），表示捕蛇。造字本义：名词，远古时代捕蛇斗兽的猛士，夏部落的领袖，据传为鲧之子。也有方家根据神话学原理加以推论，认为大禹既非神，又不是具体"个人"，而是代表着一个以"虫"为图腾的部落。而在出土文物中证明了大禹其人是存在的。在青铜器《齐侯钟》铭文中，则有"咸有九州，处域之堵"；在《秦公簋》的器身铭文中，出现过禹字，《秦公簋》载"秦公曰：不显朕皇且。受天命鼎宅禹迹"，讲了秦人远祖伯益佐禹平治水土的事情。范文澜先生在《中国通史简编》中认为，"夏禹是古帝中最被崇拜的一人"。对大禹有其人是肯定的。《史记·夏本纪》对大禹的出生、治水经历、建夏国、征三苗等事记录，固然大量引用了先秦古籍中有关大禹治水的传说，但司马迁作为一个治学严谨的史学家，若禹原本只是子虚乌有，何须太史公如此详叙。关于大禹的事迹主要是治水、汶川之会、建立夏国、划分九州，征三苗等，中华大地几千年禹的相关传说故事、历代的文献记载及近年来的考古发掘，多方面对大禹研究取得了较多成果，佐证了大禹在历史上确有其人。

遂公盨

2002 年一件出现在香港拍卖会上的青铜器，引起了历史学家李学勤先生的关注，他解读了这件青铜器上的铭文，通过铭文佐证了大禹是真实存在的，历史人物让"大禹治水"不再是神话传说。

这件青铜器被称为"遂公盨"，是西周中期遂国的某一代国君"遂公"所铸的青铜礼器。盨是用来盛黍稷的礼器，从簋变化而来，西周中晚期开始流行。其铭文主要阐述的是德与德政，教诲民众以德行事。李学勤教授凭对此青铜文物进行了深入研究。这件锈迹斑斑的青铜器上的铭文，也是迄今发现最早的记录大禹的铭文。李学勤教授将 98 字铭文逐一释读出来，这竟然是一篇完整记载大禹治水的铭文。他将自己的研究成果《遂公盨与大禹治水传说》一文发表在 2003 年《中国社会科学院院报》。流传千载的大禹治水传说，终于有了实实在在的根，遂公盨的发现，成为现今大禹治水传说最早的文物例证。据《春秋》载：遂国是周武王封舜的后裔于遂所建之国，是鲁国的附庸国，历夏、商、西周三代。周僖王元年（前 681）被齐国所灭。可以说"遂公盨"是人们目前发现的一件最早记载大禹治水事迹的物证。这件物证有力地证实了大禹确有其人，大禹治水是真实存在的。中央电视台《东方时空》《国宝档案》这样的栏目专题录制考古大家李学勤破译的"遂公盨",《中国新闻网》《新华网》《中国社会科学院院报》《文汇报》《光明网》等全国媒体纷纷追捧报道"遂公盨"。"遂公盨"上的铭文将有关大禹治水的古文字记录提早了几百年,为解开中华上古历史之谜提供了可靠的文献证据。早在 2900 年前的西周时期,人们就已经在广泛传颂着大禹的功绩。"遂公盨"铭文中关于大禹治水的文字竟和儒家经典文献《尚书》上的记载惊人的一致。

2900 年前的西周青铜铭文明确记有大禹治水事迹,充分表明先秦典籍《山海经》《尚书》《诗经》等书的相关记载,以及至今仍然广泛流传于民间的神话传说故事基本属实。大禹治水的神话传说不再是编造的文学故事,而是信史,或者更准确地说具有相当高的信史价值。

东汉巴郡胸忍令景云碑

在三峡电站建设中,国家对水库淹没区组织了大量的考古调查与发掘,东汉景云碑的出土是此中一件大事。2004 年 3 月,吉林省文物考古研究所三峡考古队在重庆市云阳县旧县坪发掘出东汉巴郡胸忍令景云碑。此碑成于东汉灵帝熹平二年(173),据考约在西晋时因故填埋于屋基下,故得以较妥地保存下来。此碑现藏于重庆市三峡博物馆中,2005 年 5 月《中国书法》杂志公布了此碑照片并有丛文俊先生的考述。魏启鹏先生又于《四川文物》2006 年第 2 期上发表了《读三峡新出土汉景云碑》一文,再度进行考释。此碑不仅布局严谨,书风俊雅,镌刻精细,乃汉碑中佳品,且对巴蜀乃至中国古史均提供了一些见所未见的新资料。

民族学家和民族史专家李绍明教授对景云碑进行了研究,指出:"笔者在此仅愿重申,是碑文中所言前人之未言的,关于禹之一支后裔景氏先祖由汶川石纽东徙于楚,以及其先祖伯允曾巡狩回蜀的一段史实。"

碑文所言，景氏的先祖"祖颛顼面宗禹"，所谓"帷汶降神，梃斯君兮"。这当然指的是景氏先祖为来自汶川的大禹之后，系由蜀中而流离于楚地的。同时，这亦证明了大禹"兴于"或"生于"汶川石纽这一说法在汉代就已确认，而为世人所认同。再者，碑文谓："先人伯允，匪志慷慨，术禹石纽、汶川之会。帏屋甲帐，龟车留滞，家于梓潼……"此段记述，填补了一段历史空白，即"大禹率族群向东发展之后，禹乡旧地如何，传世典籍除了夏代岷山而聚琬、琰二女之外，几乎是一片空白。景云碑则记述了先祖伯允（即伯杼）在少康中兴后，为遵循'术禹石纽、汶川之会'的遗则，曾甲帐龟车，巡狩回蜀的史实。"

汉扬雄撰《蜀王本纪》载："禹本汶山郡广柔县人，生于石纽，其地名痢儿坪。"东汉景云碑的发现，再一次以文物历史记载证明了禹兴于西羌之汶川是史实，禹生石纽应为汶川之石纽山之刳儿坪。

汶川大禹祭坛复制景云碑
（王小荣摄）

石纽山圣母祠碑记

清，汶川知县李锡书追述大禹的生平和功绩，汶人修祠建庙，以六月六日大禹出生之日，率乡邑氏人崇禹拜禹及祭祀禹母的情况。《汶志纪略》载：

城南十里曰飞沙岭，俗呼凤岭，即石纽山也。岭上平衍处曰刳儿坪。

有祠曰启圣祠，年久圮废。山侧有路，陡险不可行，飞沙射人，往来以为难。乙丑岁，邑士孟其敏等请移其路于山之麓，于是凿壁开道，阅三月而成。建祠于于其上，而崇祀焉。考诸记载：禹，汶山人，母曰修己，见流星贯昴生禹于石纽。又曰：女嬉得意苡而生高密。又曰：女嬉得月精吞而十四月，以六月六日屠腹而生禹。数说不同，皆荒远不可稽，太史公犹述古无所依据，其意可知也。虽然，大禹神人也，其所自出，必神人也，或称字，或称名，记载不同，要亦汶人也。平成之绩，明德远矣。天下后世被其泽，而不推其自出以崇报之。可乎？况我汶人犹当溯水源木本之思，而不祀圣母以崇报之，可乎？祠既成爰以六月六日，率乡邑氏人而致享焉，岁以为常，用鼓吹牲醴。今愚夫愚妇，书知之，自为祈报。圣母，神人也，必有以佑我汶人酿延寿多长也，爰书而志之于石。

禹迹览胜

大禹是中国历史上治理洪水的大英雄，也是中华最早朝代——夏王朝的开创者。大禹治水的故事妇孺皆知，耳熟能详，且闻名中外。"洪水滔滔，禹迹芒芒。""维禹之功，九州攸同。"大禹崇拜分布之广，华夏子孙感念之深，崇禹祭禹之事甚广。今汶川县、北川县、理县乃至都江堰市的龙池，都有"石纽"和"禹穴"的纪念地。北川县禹里羌族乡有石纽山，上有汉隶"石纽"二字石刻，传为扬雄所书。楷书"禹穴"二字为唐李白

汶川石纽山

手迹，篆文"禹穴"不知书自何人。汶川县飞沙关也有"石纽山"纪念地，刻有"石纽山"三字石刻，字迹苍劲古朴。山上有剡儿坪岩洞，刻有"禹迹"二字。在理县的汶山寨也有石纽山，悬崖绝壁上刻有"石纽山"三字。

汶川之禹迹

绵虒镇自汉至清都是古汶川县城之旧址，是个历史文化很厚重的地方，古称寒水驿，为历代官府重要驿站。不仅有着神兽虒的传说，今之汶川县绵虒镇石纽山、剡儿坪，历史文献记载，乃大禹降生发祥之胜地。明清以来，大禹相关文物遗迹渐行式微。汶川特大地震，禹王庙等遗址严重受损。所幸石纽山、剡儿坪、涂禹山、草坡、天赦山等大禹文化有关之地名链尚存，民间大禹诞日祭拜习俗等非物质遗产文化尚兴。

石纽山石刻

在汶川县城南的飞沙关上有一岭，名叫飞沙岭。探头俯仰，见滚滚江水，巍巍峭崖。岭三面崖，百丈悬崖如切，岷江水咆哮着奔腾如野马，在此碰得水花四溅。沿飞沙关隧道口南端小道上山坳，只需几分钟，山坳上有一小块向内弯的岩石，岩石上书有"石纽山"3个大字，阴刻，行书，从右到左横排，无题刻年代，相传为唐代李白所书。站在岩台边缘，一股强劲的冷风卷着水珠直扑身上，使人眩昏颤抖，心跳怦怦，不敢久留。"不寒而栗"的成语，在此体味更深，使你突然联想到东坡居士的"大江东去"里描述的"乱石穿空，惊涛拍岸，卷起千堆雪"的千古佳句。清，高万选也有诗《石纽山》云："势极龙山一气通，山形纽折石穹窿。相传

石纽山石刻

薏苡王孙草，瑞霭流星圣母宫。古道几湾留野牧，危江一带锁长虹。羌人指点刳儿畔，隐约朝霞暮雾中。"

石纽山刳儿坪

石纽山在今绵虒镇境内，又叫凤头山。在今绵虒镇南的 5 里处的大禹村与羊店村相交的高山，就是石纽山。位于石纽山半山腰一块缓坡台地，相传为大禹诞生之地。沿山梁而上，海拔 1600 米的半山腰之平坦之地就是刳儿坪。历代汉文古籍都说"禹生石纽，其地名刳儿坪"。自古以来就建有庙宇禹王庙、圣母祠，有供人凭吊的洗儿池、禹穴、禹迹石纹等禹迹。唐代名相李德裕、民国元老于右任等古往今来，多少人不辞辛劳跋涉，前来寻觅遗踪。明代周洪谟《雪山天下高诗》亦云："此去石纽无几许，昔钟灵秀生大禹。当时自此导江流，至今名垂千万古。"清代诗人董湘琴游走松茂古道，作《松游小唱》到此乃所吟；"飞沙岭连飞沙关，岩刊石纽山，相传夏后诞此间。"中国近现代政治家、教育家、民国政府高级官员于右任，到汶山地区考察大禹遗迹，作诗《汶川纪行》："石纽山前沙尚飞，刳儿坪上黍初肥。茫茫禹迹何处得，蹀躞荒山汗湿衣。"现庙宇已毁，但经风雨剥蚀而存的禹迹石刻仍在荒野间呈现历史的隐秘。

石纽山刳儿坪

三官庙

三官庙，又名三元官，位于绵虒镇三官庙村，是川西北现存唯一的祭祀"三官大帝"尧舜禹的庙宇，殿内供奉着尧、舜、禹三帝，后又供奉天官、地官、水官。初建年代不详，重建于乾隆二十三年（1769）。2004年

绵虒三官庙（王小荣摄）

7月被评为县级文物保护单位。被汶川特大地震损坏，灾后重建中按照原貌恢复。檐下有回廊，站在回廊上远眺，新修的高速公路、滔滔的岷江、楼房林立的绵虒古镇，尽收眼底。

三官治水浮雕

禹王庙

位于石纽山半山腰上，现仅存少量断壁残垣。据记载："原古庙为石木结构，虽在高半山之上，但香火兴盛，因失火而被焚，其后修复。"相传，禹王庙前殿供大禹神像，禹站立木轮车上，玉圭玄衮，神采飘逸，形象威武。后殿供崇伯和圣母，布局严谨，气势古朴，给人以肃穆森严之感。禹庙为三楹两进式。我们可以在古今文人墨客留下的诗文中领略到禹

石纽山禹王庙（震后）

王庙的雄姿与兴衰。如诗圣杜甫诗曰："禹庙空山里，秋风落日斜。荒庭垂橘柚，古屋画龙蛇。云气生虚壁，江声走白沙，早知乘四载，疏凿控三巴。"又，大清王朝开国皇帝爱新觉罗·玄烨康熙帝，有大禹庙诗曰："古庙青山下，登临晓霭中，梅梁存旧迹，金简记神功，九载随刊木，千年统绪崇。兹来存繁藻，瞻对率群工。"

禹　穴

　　沿禹王庙遗址左下约50余米处，有一巨大岩石，石穴深丈余，可纳八九人栖身，其岩石上刻有"禹迹"二字。虽经岁月侵蚀，但"禹迹"二字依然可见。清乾隆年间，朝鲜诗人求质朴来此游历，曾作诗《寻禹穴》曰："岷峨碧天下，江水出禹穴，长庚照李树，闲气挺豪杰。胸次蟠竹石，词源贯天地。常存遐举情，肯为簪组累。万里悬弧日，人间腊月五。生死

禹迹石刻

结寸心，酒一香一缕，未登清閟阁，欲绣宛陵句。拜像如拜佛，我欲黄金铸。"另有诗赞曰："久闻圣迹现登临，崇山于今禁牧人，全国几多风物处，汶川禹穴实堪矜。"传此穴为圣母生下大禹之处。清乾隆时，蜀中举人刘沅有《禹穴》诗曰："神上有石穴，即禹穴。穴下有石，皮如血染，以煎水沃之，气腥。俗传能催生。人凿取之，明年复长如故。孕妇握之利产。"凿取"血石"为产妇催生，是绵虒当地老百姓一直传承下来的习俗。民国，寥政《游石纽山访禹穴怀古》："禹迹何处寻，此山即石纽。有村曰禹碑，有碑曰勾娄。羌民今犹繁，风俗古所有。禹吾无间然，已称宜圣口。谩贡纪厥功，还劳我传否。"大禹的高尚品德，在羌人的生产生活中广为流传，并有以习俗的形式加以传承。

禹迹石刻

刳儿坪上，除了有禹王庙、"禹迹"石刻外，在其四周密林处，先后发现石刻几十处。所谓的石刻文字图符，有圆形、条状的和其他形状的；有单个的图符，有组合的图符，线纹形的石刻有凹式阴纹，或凸起的阳纹。石刻大都凹凸分明，其图纹或似飞禽走兽，或像江河溪流，或似龟纹，或图点绳结，或汉字笔画，人们视为大禹治水图。其形扑朔迷离，相传是天神告诉大禹治水之秘诀，而其他人莫能解读，成为千古之谜。也有学者对其进行了研究，如一石刻仿佛在一平整的面团上放上斧头而留下的印记，取名叫是巨斧石刻，记录着神禹时代对战天斗地的工具的膜拜和祈祷的心愿。在圣母祠旁边有一个石刻，被称为祭祀石刻，刻痕深入，有圆形孔、斜矩形孔、正方形孔，可能为祭祀禹和禹母所用。在这些石刻旁边的一处悬崖上留有"禹迹"二字，这些石纹和禹迹石刻给后人以怎样的启迪和昭示？

2007年，四川省科学技术协会高级工程师、巴蜀文化研究者钱玉趾来到汶川石纽山进行禹迹考察、研究禹迹石刻。钱玉趾认为多数图符奇特有

劁儿坪禹迹"祭祀"石刻

趣，钱先生对 3 处岩刻进行了深入研究，他将研究的石刻定为 A、B、C 分别予以介绍。

A. 眼睛形岩刻（或称"女阴形岩刻"），A 岩刻：刻在一块岩石的上面，长轴呈南北方向，长约 77 厘米，宽约 28 厘米。刻槽呈 V 形下凹，深

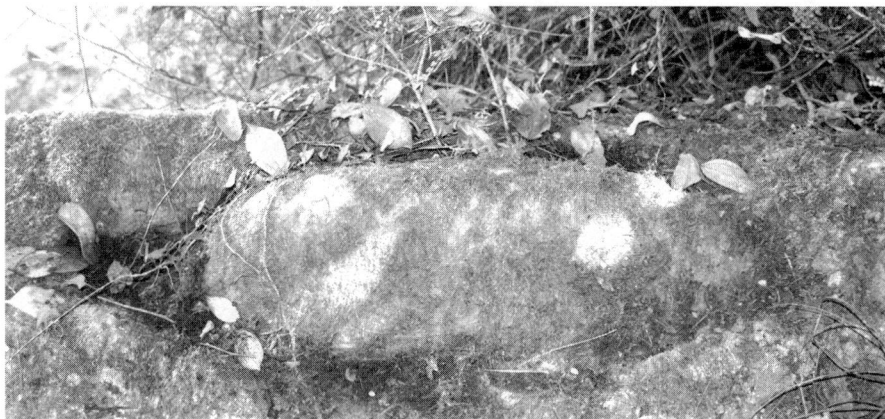

剜儿坪禹迹"神眼"石刻

约 2 厘米。刻槽粗拙，弧线不够流畅，刻凿面不够平整。眼睛形的中间像桃核向上突起。A 岩刻所在岩石，长约 140 厘米，宽约 80 厘米，高约 100 厘米，外形不规整，上面像个大龟的背，背中间是 A 岩刻。此岩石下部收缩略小，像是摆放在地上的单体岩石，因为无暇刨土查根，暂不知是否与下面的岩体相连。B. 长方形岩刻，B 岩刻：刻在一块岩石的侧面（近于竖直），面向西方，离地约 100 厘米，岩刻呈长方形（竖长横短），腰部略小，四角为圆弧形；长约 54 厘米，上宽约 45 厘米。下宽约 40 厘米。此岩刻的特点是，长方形内部整体凹进，深约 2 厘米，底面大体平整，但较粗糙。C. 田字形岩刻，C 岩刻：刻在一块岩石的侧面（基本竖直），面向西方，离地约 100 厘米。岩刻呈"田"字形，洞孔高约 12 厘米，宽约 11 厘米，深约 4 厘米；"田"字中间的横与竖的"十"字形"隔条"宽约 2.5 厘米，"隔条"表面与洞孔边缘表面处在同一平面上。竖"隔条"的上半部分已呈凹形残缺，但仍保留有根基部分，靠洞孔顶与靠横"隔条"的根基部分又明显高些，可能是风化形成的残缺。A、B、C 三个岩刻，据其形

刳儿坪禹迹"田字"石刻

态与位置，我们有理由认为是人工岩刻，暂定为"石组岩刻"。

注：①A岩刻应是女阴形岩刻。岩刻的女阴中间没有裂隙，处于封闭状，因而不是产子的产道。《竹书纪年》说：禹是母体"背剖而生"，那么，A岩刻的女阴应是修己的生残器官，因"背剖"而裂于地，旁边应是初生的禹。A岩刻应是母体修己的象征。刳（kū），有剖、剖开的意思。"刳儿坪"就是剖开背腹出生儿子的平坦地方。对于大禹出生地来说，"刳儿坪"应是最富历史蕴涵最为恰当的名称。"女阴形岩刻"应是刳儿坪的不朽标志，是大禹诞生地的伟大实证。"女阴形岩刻"产生的年代应在大禹时代，或稍后的年代，应有四千年历史。②B长方形岩刻，有可能是先民凿刻的上帝或某个神的足迹，与履迹感应怀胎生育有关。也可能是大禹留下的足迹。③关于"田"字形岩刻。这个岩刻也可以看成一个"十"字被一个圆圈围住，成为一个"十"字纹……"田"字形岩刻也可能是描写太阳的图形，可能是古人太阳崇拜的遗存。

作者考察禹迹石刻

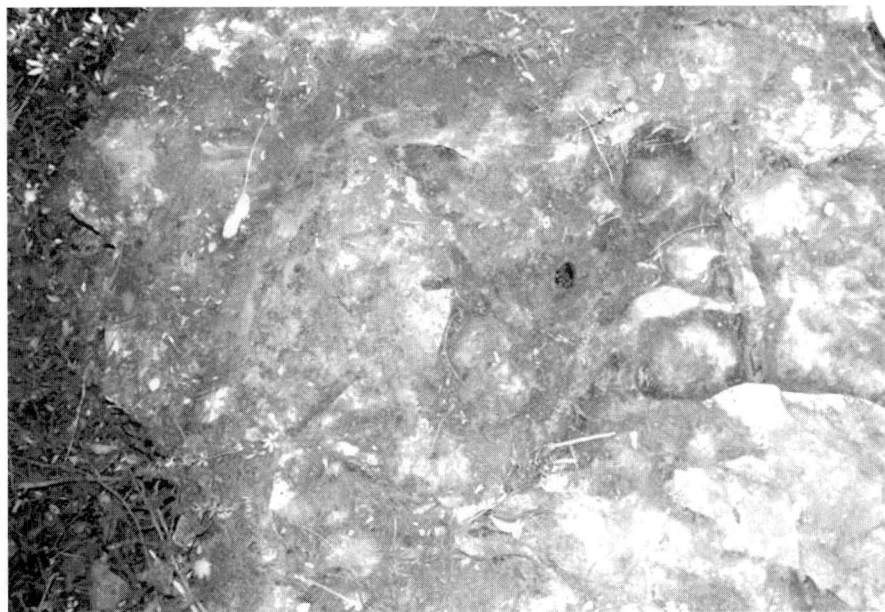

剁儿坪禹迹"阴阳"石刻

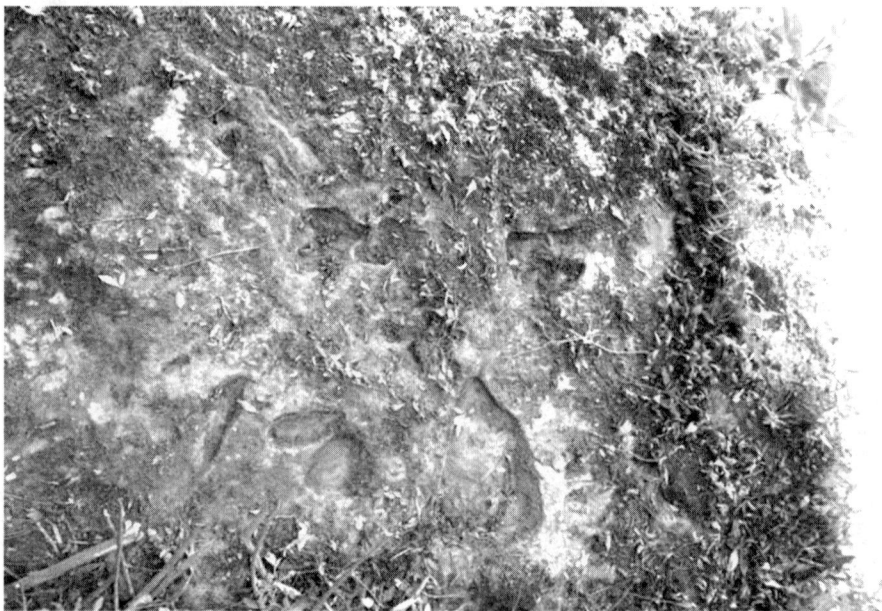

剁儿坪禹迹"雨点"石刻

禹迹洗儿池

洗儿池

在禹穴北侧 300 米处，有一瀑布，瀑布从几十丈高处飞奔而下，形成一壮观之白色纽带挂于山岩。瀑布下有一池清泉，泉水清澈透明，香甜可口，池底斑斑红色石块随波闪烁。相传圣母生禹后，在此池中清洗大禹，血水染红了池水，浸红池底块块石头。有诗曰："阅史探踪颇着难，而今石纽已斑斑。岩留虫楷洞犹丽，池洗胎儿血尚鲜。"这便是对其逼真的描述。

血红草

在禹穴与洗儿池之间的道路上，生长着一簇一簇四季旺盛的茅草。相传，禹母生禹后去洗儿池洗涤大禹时，大禹的胎血洒了一路。胎血滋养了茅草，染红茅草，从此这一路的草丛的根部和主脉血红如初，人们叫它血红草，以示纪念圣母和大禹。

双镇塔或圣母祠

双镇塔建在飞沙关隧洞一突兀山岩之上，其山自江中突兀而起，是松茂古道上"一夫当关万夫莫开"的关隘。就在这片悬崖峭壁上，古人书有"大禹故里"几个大字，每字见方 3 尺有余，相传为唐代诗仙李白所题。这是祭祀大禹母亲而修建的石塔，后因崖壁垮塌而毁。塔六边形，三层高，土石结构北开拱门，内供圣母像。传说南宋年间，京城巡抚视察川西地区路经此地，路遇绿林好汉打劫，巡抚慌乱之中逃进圣母祠，打劫者畏

飞沙关双镇塔

惧大禹之神灵，终不敢再劫杀，大难不死。其后感念圣母保佑，出银数万两，命侍从到此请工匠修下两座石塔——圣母塔和禹王塔以镇邪扶正，告谕后人，又叫双镇塔。原残存 7 米高的塔座，在"5·12"汶川特大地震中损毁。

据《石纽山圣母祠碑记》载："城南 10 里飞沙岭俗称凤岭，即石纽山。岭上平衍处有祠，曰圣母祠，又名启圣祠。年久圮废。又，乙丑岁邑士孟其敏等人，请人移其路于山之麓。于是凿壁开道，阅三月而建成祠。"相传，圣母祠占地亩余，为穿斗式木石结构建筑，青瓦飞檐，祠殿中塑圣母像，甚是美观，圣母祠殿堂正中塑圣母端坐神像，头缠纱帕，身着羌服，肩饰"缸钵花"，脚穿"云云鞋"，栩栩如生。在圣母祠的墙壁上，清人吴棠曾为汶川石纽山圣母祠题诗，诗曰："共传大禹出西羌，明德千秋颂莫忘，江水发源神肇迹，休将石纽比荒唐。"

汶川县飞沙关双圣塔赞碑文石刻（陈学志摄）

《汶川县县志》卷七《艺文》黄杰著《双镇塔赞》："惟汶石纽，古凤头山，群峰锁钥，众壑门阑，迹追先圣，功集后贤。临渊作塔，倚壁为垣，沙飞雁翥，石结龙盘，金峦拱翠，玉浪回旋。壶中日月，洞里云烟。灵昭古庙，险踞重关。创捐双镇，留题二仙，钟灵毓秀，于万斯年！"

震后修建的圣母庙

禹王宫

　　位于松茂古道上的绵虒，是汶川老县城，保留有较多历史遗迹，如县衙门、文庙、文星阁、禹王宫及戏台、真武宫、石刻和明城墙等。"文革"时期绵虒古镇上的许多古迹都被毁了。建于清道光十一年（1831）的禹王宫在绵虒镇古城外。当年《羌戎考察记》作者路过此地拍过照片，从图片上看，禹王宫前有戏台，建筑为歇山式木结构，飞檐翘角，台沿上还有生动的戏剧人物雕刻。据载，禹王宫与真武宫相连，占地数亩之多，建筑规模大。据载："面积六百余平方米，禹王宫坐东向西，面阔三间，进深四间，穿斗木结构单体歇山式顶，走廊长十余米，正殿有神龛，供禹王神像，正殿对面为戏台、戏楼。殿宇楼阁均饰以木刻浮雕，顶饰彩绘'藻井'，图案精美，栩栩如生，内外四周均为精湛

民国时期绵虒禹王宫（王小荣供图）

之壁画；戏台上方檐下有数幅壁画，内容为旧时官宦、仕女水边游乐图。"民国二十九年于右任先生前往汶川绵虒祭祀大禹，并题写"明德远矣"来敬拜大禹，后以汉白玉石镌碑竖于庙中。禹王宫为绵虒历史文化最为浓厚的重要建筑，经过近200年的时光洗礼，仅存的戏台、戏楼、正殿年久失修，木质多已虫蛀近朽，其浮雕彩饰多数受到损毁。

震后修缮的禹王宫（戏台一角）

涂禹山

自绵虒镇沿岷江而上三四公里为涂禹山，恰与刳儿坪隔江遥遥相对，海拔近2000米。相传是大禹妻涂山氏女娇的故乡，禹成婚后也居住于此，山缓坡陡，山上有坪，为冰水堆积台地。

东汉袁康撰《越绝书·记地传》："涂山者，禹娶妻之山也。"禹娶涂山氏女，故称涂禹山。明、清时代瓦寺土司受皇帝加封赏赐，分得涂禹山这块土地，土司曾多次修缮禹王庙。

涂禹山全景图

禹碑岭

禹碑岭位于威州镇羊龙山上的禹碑岭村，因岭上有羌民为纪念大禹治水而立的禹王碑而得名禹碑岭。碑旁的黄葛树为护碑而栽，树与碑原有一段距离，后随着黄葛树慢慢长大，逐渐把碑包于黄葛树身内，所以又名树吞碑。相传，此碑已有1000多年历史。

大禹坪

大禹坪位于绵虒镇羊店村河坝，此地历史上曾为广柔县治所。李锡书编修的《汶川志略》考察，清初，广柔城址尚依稀可寻，社稷坛犹宛然残存，故曰"广柔治在今治（绵虒）之南大邑坪"。大禹坪，因大禹为广柔县人，故名。

古树吞碑

只是历史演变和口传，早先的大禹坪现已称为大邑坪了。

石纽村

石纽山中的一片台地上，有一村庄名叫石纽村。相传，村里数十人家，耕者自耕，牧者自牧。童子骑牛高歌，声震山谷，虽无调无腔，也算是山里村人之乐。村里人一生勤劳，粗茶淡饭，日子虽不富足，但男耕女织，夫唱妇随，嘻嘻喁喁，陶然乐也。禹的幼年与少年时代就是在这个地方度过的。大禹继承父业——治水，从治理家乡汶山的水患开始，治理完成汶山水患后才走向九州，治理天下水患。

姜维城禹王祠

姜维城禹王祠在威州镇姜维城台地上。姜维城遗址之"点将台"西侧有禹王祠，其占地面积 800 平方米，祠内正殿上塑有大禹王站像，殿右侧有其妻涂山氏塑像，左侧有其子启的塑像；殿右廊塑有侍臣百工、司徒官、传递

威州姜维城禹王祠

官、乐官塑像，殿左廊有舜王、助手伯益、皋陶、侍臣农官塑像。

新堡关禹王宫

清同治七年成书的《理番厅志》载，理番厅舆地图，新堡关城坦图标注有禹王宫。大禹作为民族英雄、人文始祖，早已成为了国之礼遇。

绵虒大禹祭坛

绵虒大禹祭坛位于 317 国道东侧，石纽山刳儿坪下。整个祭坛由入口处的碑亭，通道旁的碑林、祭坛、禹殿和旁侧大禹书院几部分组成。大禹祭坛为汉阙似的大门，汉阙上写有一副对联："禹继尧舜和谐千族同甘苦；夏开社稷统领万邦向大同"。迎面有一碑亭，碑亭内矗立着"景云碑"，此碑为三峡出土的汉代石碑仿制品。原碑是东汉朐忍县令雍陟为 70 年前声誉远播的朐忍县令景云所立之碑。碑上载有"术禹石纽，汶川之会"的内容，是大禹"以示惟汶降神挺斯君"的明证。而祭坛的通道成太极阴阳，寓"天人合一，自然和谐"之意。在通道北侧为碑廊，长度近百米。碑廊共 3 段，每段立有 13 块碑，代表大禹治水 13 年。有 5 组石刻碑林，分别为"世系生平""禹功圣德""孔孟赞禹""儒经颂禹""百家述禹"。石碑均由岷江石刻制而成，尽显端庄之气。

沿着祭坛中轴线自下而上攀登，分别为祭祀广场、祭坛甬道和祭坛、

绵虒大禹祭坛全影

禹殿、禹像。祭祀广场正前方一块巨大的岷江石上刻"岷山导江，东别为沱"8个大字。广场的左侧矗立着岣嵝碑。岣嵝碑又称大禹碑，碑字形如蝌蚪，据传为大禹所书，是记载大禹治水之精髓。祭坛甬道两侧分立着代表国家、圣贤、祭祀的"望柱"（华表的前身）、"琮"（古代圣贤的象征）、"璧"（古代祭天地的礼器），均为岷山玉石，后为3组金、木、水、火、土的洪范五行。

祭坛仿羊子山土台形式而建。祭坛中心为一个3阶的石台，石台上圆下方，寓天圆地方之意。坛区共设九鼎八簋青铜器，有"禹铸九鼎定九州"及祭祀先祖之意。其中一鼎设于祭坛之上，其余分布于坛下四周。坛上另设青铜仿制"遂公盨"，用来放置大禹祭文。祭坛正前方之地面刻有《山海经》中的一段文字，记载禹迹及"天地之所分壤树谷"。坛场前方两侧分别设有汉式钟鼓亭各一座，置钟鼓乐器于内，用以祭祀。钟鼓亭后分别设置日晷和经书石碑。经书石碑刻有《尚书·禹贡》、北宋程大昌的《禹贡山川地理图》和清代胡渭的《禹贡锥指》内容。用此3部有代表性经书，以佐证历朝均有对"禹定九州"功绩的叙述和赞誉。

绵虒大禹书院

　　禹殿区设有大禹殿、祭祀香炉及大禹像。大禹殿为汉式风格的石质大殿，采用九开间制式。殿内供奉大禹石刻像，乃仿山东嘉祥东汉武梁祠历代帝王像中的大禹像，传此石像为传世之最早者，为大禹形象之真实写照。大禹石刻像背面为谭继和先生撰写的《大禹庙食像题记》。在大禹像两侧是大禹治水三宝实物，即河图洛书、开山斧、避邪剑。在大殿东西墙壁上绘有大禹利用三宝治水的故事，西墙上为河图、洛书神秘图案及"黄河龙门鲤""洛水神仙鱼"等彩色壁画，东墙则是"斧斩孽龙力开龙门""持剑避水疏波导流"的故事。殿前广场设香炉3座。中间方形香炉，两侧圆形香炉。祭坛最上方为大禹铜像，为当代著名雕塑大师叶毓山所作，整个像高16米，为锻铜铸制。悬胆方口，头戴四面斜坡平天冠，束髪带依稀可见，双耳垂轮，双眉入鬓，左肩挎网罟，右手执耒锤，足蹬筦编芒鞋。雕像基座上刻有四川省著名史学家谭继和撰写的《大禹颂》，歌颂大禹的伟德、盛德、仁德及睿智。

　　整个大禹祭坛以松、柏、竹、银杏、桂花树映衬，祭坛、广场、甬道均采用白麻花岗岩，庄严、厚重，彰显出了深厚的文化底蕴和肃穆的祭祀气氛。高大的禹像，金黄的身色，光芒四射、饶有风神、耀人眼目，让人油然而生敬仰之情感。

禹王像

　　除绵虒大禹祭坛大禹像外，汶川还有3处存有大禹像，人们广为纪念。一为大禹村禹王像，一为绵虒古镇广场禹王铜像，一为威州镇禹王铜像。

　　大禹村禹王像：大禹村禹王像为天然石禹王像，位于村内大禹农庄禹穴沟内的半山腰上，远望如身披玄衮，手执耒锤，仍在风雨里视察洪水灾情。石像沐雨栉风、劳身焦思，神采飘逸、天然之成，尽显威武之气。

　　绵虒广场禹王像：位于绵虒古镇广场禹王铜像，高5米，以城门楼及城墙为背景，昂然而立于广场前；旁边还配以禹贡九州图、歌颂大禹功绩

天然大禹石像（王小荣摄）

绵虒广场禹王像

的纪念石碑群；广场呈现出五角形，辅以大禹治水水系穿插环绕整个广场，尽显华夏之大成一统。

威州禹王像：威州禹王铜像位于威州镇郭竹铺的县城入口处，大禹铜像高 16 米，重 30 吨，巍然挺立于羊山、龙山和羊龙山与岷江之间。大禹头戴斗笠、手执耒锸，双腿坚实、面容坚毅、力拔山河，一身蓑衣屹立风雨中，仿佛站在治水的风雨里，劳身焦思。大禹手拿耒锸，整个一个战天斗地的雄姿，如正在这里指挥着千军万马，开山导江。正因为当年大禹在此背岭导江，治理汶水，才现二水争流、三山竞秀的无忧之威州。在禹王像的旁边塑有禹诞、治水、继位 3 组大型浮雕。

大禹乃夏后氏之划时代首领，4000 年前生于汶山郡广柔县石纽山之刳儿坪。石纽传说历经 4000 余年，多有变异。早在唐宋时，即有古今石纽之分。"古石纽"在今汶川县绵虒镇，"今石纽"隶石泉军。"大禹兴于西羌"，西蜀羌乡实为夏后氏故里，大禹之生养地。大禹以汶人而汶事，邀盟"石纽汶川之会"，其治水，先之以"岷山导江，东别为沱"，继之以通九山九泽，决九河九州。大禹治水由西向东，将文化也向东扩展。导海疏江，大夏文化西兴东渐，大禹累立殊功，华夏遂有国家。

威州禹王像（张莞摄）

"大禹乃夏朝第一位君主，是华夏国家文明之初祖，治水兴农之先师，华夏民族凝聚团结的奠基者，中国山水生态综合治理的第一人。"古石纽、天赦山、涂禹山、禹王宫、圣启祠等胜迹遗存遍布县境。禹迹实为民族核心精神传承之重大历史价值，乃汶山人世代守望之精神家园。

映秀桃关戴家坪禹迹纪事碑

映秀桃关戴家坪原有一座有关禹迹的记事碑，为乾隆五十年（公元1785 年）汶川知县郑命新立，该碑详述了汶川境内的禹迹，确定大禹生于汶川石纽山。

映秀禹王庙

映秀禹王庙位于映秀镇枫香树村。传为映秀人民为纪念治理岷江水患的大禹所建，又称禹庙。传说大禹在治理岷江水患时，在映秀召集各路诸侯商议治水方案并带领映秀人民治水，平息了水患。大禹受到映秀人民的尊敬和爱戴，为纪念大禹，在岷江东岸修建禹王庙。

据当地老人讲，禹王庙历史悠久，古意盎然，形制精美。大禹殿临水而筑。正方形。楠木梁柱高 10 米，正面屋脊上有"风调雨顺"四个大字，大殿内塑有大禹像一尊。后遭火焚水灾，多次被毁。清嘉庆年间重修，至建国初期毁坏。经过历史的变迁，映秀禹王庙现仅存遗址。

理县之禹迹

据《理番厅志》载："夏禹，汶山广柔县人，生于石纽山刳儿坪。石纽山在通化里汶山寨，山形幽峭，峰顶建有夏禹庙，山峰三面如削，俯视千仞，庙后石壁接天，石上刻有'石纽山'三个大字，不知何代人所书。"清乾隆《保县志》载："禹庙，一在通化里，一在古城里。"清，保县令陈克绳有诗《禹庙》曰："禹庙嶙嶒天半垂，依然千仞俯乘义。秋风老木荒庭冷，绝壁寒云古屋危。尚见斜阳来赤水，曾闻当代锡元圭。何人留得千年字，重洗苍苔认断碑。"又曰："危峰三面下临江，神禹何年奠此邦。陇雪洮云同指顾，青衣白狗久心降。无穷远籁风吹万，绝顶高秋乌去双。我有新诗题石壁，萧萧寒雨洒僧窗。""尚见斜阳来赤水"，赤水指的是杂谷脑河，这里《禹庙》说的就是理县通化乡汶山寨的禹庙。

通化汶山石纽山

通化汶山禹庙是岷江上游最大支流杂谷脑河流域上古老的历史遗迹保存地之一。汶山石纽山地处杂谷脑河南岸高半山，理县通化乡汶山村，海拔高约2300米。通化乡，据《理县志》记载："原为汉广柔县地，北周时为石门镇，隋开皇六年（587）为金川镇，唐置小封县，两宋时设通化县，元明均为通化县。清初设有通化巡检司，乾隆三年（1739）废巡检司置通化里，民国时建通化乡。1958年改为公社，1984年改公社为乡至今，是羌族聚居乡。"通化老人回忆，在老街衙门口的经楼上，自古就

通化汶山禹王宫遗址

悬挂有一副对联"里明通化通教化，邑号广柔广招柔"，横额为"古广柔县"。这很明确地说出了古广柔县治在杂谷脑河流域，同时也把这一地区设立广柔县的宗旨——广招柔和后来更名通化的通教化做了很好的说明。说明了这是汉时对位于冉駹之地的"七羌九氏"采取的"广招柔"的团结政策和后来不断施以"通教化"的教育政策在地名上进行体现。

通化有通化新石器遗址、石棺葬、石室墓、牌坊、石刻、古碑、古庙等历史文化史迹，也出了举国有名的名人大禹和南宋的宰相谢方椒。在通化老街的龙胆沟口，原建有报国寺，寺内有祭祀禹王的庙宇和"禹王故里"的大匾及敬奉谢宰相的谢相园林等，其毁于民国时期。在距汶山寨子

不到一里地的山脊，有禹王宫、石纽山石刻、治蛊泉石刻等大禹的古遗迹。据考古调查，这里还有汶山新石器时代遗址、石棺墓遗址、明代的汶山窑址、清代的乡规民约碑等，汶山寨虽地处高山村寨，遗迹证明，早在距今4000年前就有人类生存繁衍，经历朝历代更替发展延续至今。在桃坪乡裕丰岩村对面，杂谷脑河南岸有座山叫"望禹山"，从桃坪羌寨往西看，宛如一个躺着的美人。当地传说大禹王远走治水，涂山氏思君归来，每到夜晚，月明星稀之时，他常来到这里休息，想念自己的夫君。一次，不知不觉中便一觉睡去，在睡梦中与夫君相会。此后，人们发现此山渐渐地长成了涂山氏仰卧的样子。

从杂谷脑河对岸天盆山上的西山村对看过来，汶山村是坐南向北的寨子，东为杂谷脑河支流通化龙胆沟，西为甘溪沟，背靠大房背山，前为杂谷脑河的坐地拥天的"椅子型"村寨。此乃"左青龙，右白虎，前朱雀，后玄武"背山面水之风水宝地。汶山寨为高半山村寨，从通化向上看，在一岩崖之上，似乎都是崇山峻岭深谷峭壁，山险地陡。寨落有几级平台，一级就有几百亩，也应该有两三千余亩土地，从古至今，人们在这里放牧、耕种、生活。当地人讲，人多时这里有近百户人家，现只有30多户人家，"5·12"后，都已搬迁到了河谷地带，老寨子已显得十分的破败，但是这里的人们把土地没有丢，人们仍在耕种，从山下上山来打理各自的田地。再往上，就是叫"大房背"的台地了，有四五百亩宽敞的大坪。在寨子背后的大房背，相传为禹部落聚会的圣地。大房背之下是禹王宫、石纽山、治蛊泉、禹穴等古迹所在处。从寨落通往禹王宫的路旁，有一股清泉从石缝处流出。相传禹母修己在此休息，饮食泉水，误食水中神珠而孕禹，以后此水被传为圣水，可治病、治蛊，其旁的石壁上刻"治蛊泉"三字。蛊者，有毒的虫，此泉乃圣水，能医治毒病怪病。新中国成立前，村寨的医疗条件不发达，村寨中有肚疼者常来此饮食此水治病。在治蛊泉上几十米处，在一悬崖峭壁上题刻"石纽山"3个大字，字大如斗，字体端正，气势非凡。史载"不知何代人所书"，今有学者从字体风格推断为唐宋时所题刻。禹王宫下有一条小路，东可到通化，西可到甘溪山等。其路旁边有个指路碑，指路碑旁有石棺葬墓群，发掘了 10 多座，其中有玉石斧，对着太阳照是透明的。指路碑再往下走，有"挞儿洞"或叫"打儿洞"，说丢石头过去可求子。挞儿洞与"石纽山"石刻上下正对，洞穴有 10 余平方米大小，传为大禹生活之地，叫禹穴。又上山，最后到达一小山梁顶，就是禹王宫了。禹王宫建在三面绝壁之上，背面崖，周围松柏常青。据说原貌有两层建筑，飞檐翘角、雕梁画栋，正门有一副对联，内供奉禹王像。"文化大革命"中遭毁，20 世纪 80 年代，汶山寨人在原址修建了一层的禹王庙，后在"5·12"地震中所毁。现存巨大的古庙墙基石条遗迹，清四川直隶理番府立于禹王宫的关于六里九枯等寨人禁山、摊派、捐款等事"永垂万古"布告碑。1938 年，人类学、历史学、民族学家冯汉骥先生考察理县通化时听说禹

通化汶山村"治蛊泉"石刻

通化汶山"石纽山"石刻

庙，从谷底仰望后他写道："晨起见西南之高峰，有庙高耸云霄，似甚壮伟，询之故老，则言禹庙也，上为石纽山刳儿坪。因往返需二日程，又须绕出大道。因是时目的在研究羌人，故未往探访，至今尤觉怅然。"相传，波罗和尚到此云游，见到古庙处在青山绿树间，格外让人赏心悦目，就在这里住了下来。他去世后化作一尊石佛，矗立正对禹王宫的三岔沟口的佛头山，所养的虎也化作了一头石虎，伏卧在禹王宫西面金炳山的猪儿寨梁子上，石佛、石虎形象逼真，可谓是这一地区的吉祥卫士。

现在禹庙已没有当年的盛况，原来汶山村人重修庙子就比较小，加上地震，只剩下房屋倒塌的废墟。信众们请了几尊菩萨供奉，上面有遮雨的

通化汶山治蛊泉

地方就是了。在禹王宫前的坝子上，矗立有一通古碑，有字能辨认，可以确认碑上方横幅为"永垂万古"，右边竖写有"运使衙知府用特授""四川直隶理番府加五级"等字，正文从"永远禁草"4字开始，内容大致为有人以办桥索资料为名，砍伐山上林木，给当地民众造成损失之类的话……右下角有"六里九枯人等公立""痒生孟学之""保正黄……"，落款时间为"大清光绪七年十二月二十八"。据《保县志》九枯六里三番十寨记载，九枯是指由原威州过河的克枯村到薛城沿杂谷脑河两岸的高半山羌人生活的寨落，分上下中三枯；六里是由甘溪里、桑坪里沿杂谷河南岸顺大路之间的由汉人相对集中的村寨。从禹庙和古碑我们可以看出，在通化一带体现了古文献说"禹生石纽"之地是夷人"不敢居牧"的禁地的精神还在被人们传承。

郑贞诚等研究者指出："文山寨可能是鲧部落的指挥中心，我们在前面谈到的佳山遗址、建山遗址，这些地方聚居的部落都应该受鲧部落的指挥。我们第三次到理县考察，专门去佳山寨和建山寨了解新石器时代遗址，比较而言，文山寨更开阔，更平坦，更具有各部落领袖进行活动的环境，从古人风水的角度，也更具有王者风范。估计这里可能是大禹时代举行'文山之会'或'汶川之会'的地方。……所以我们认为景云碑所说的'汶川之会'可能就是'汶山之会'或者'文山之会'的误读。"

通化汶山村禹王像

古广柔县址

  《阿坝藏族自治州概况》认为，理县桃坪乡古城村为汉之广柔县的故址。走访古城村时，远远就见一棵古树长在寨落后的岩石下。走进村子见寨落十分古朴，为石木结构的建筑，四棱、六棱的残碉楼沿小溪沟而立，保障寨落的作用十分的明显。村寨的居民大部分已移居到了国道的两边，老寨子生活的人家已很少，但见有几户人家的大门上，仍挂着族人或是官府赠送的牌匾。这些不起眼的牌匾藏着这个寨子厚重的历史文化。在紧邻寨子东边的果园地中，仍存在着数段沧桑的石墙，据当地村民讲，那就是古广柔县城的城墙遗迹。

  桃坪镇古城村，据史载，公元前67年在此设广柔县。因有古县城池城墙遗迹，即称古城。据学者考证，其古县城名曰广柔县，是为理县建县之始。《舆地广记》："汶山，在茂州汶山县西北，俗谓之铁豹岭，禹之导江发迹于此。又，汶山，郡名，汶川，县名。"山水相依，汶山之下有汶水，汶山汶川，一个是郡名，一个是县名。作为县名的汶川是隋出现的，《蜀王本纪》："禹本汶山郡广柔县人，生于石纽。广柔，隋改曰汶川。"唐朝

古广柔县地址

萧德言、顾胤等著的《地括志》载："广柔废县，在汶治西七十三里。"即今古城村。在古城墙边上建有禹庙，供官士祭拜大禹。据当地人讲，相传，在古城村西约 10 里的通化乡汶山寨就是大禹的出生地，其山上有"石纽山"石刻，也有拜禹祭禹的禹王宫。

古城禹庙

古广柔县城墙遗址旁就是禹庙，后改称为太平寺，在"5·12"地震中有所损毁，后来文物部门对其进行了修缮。太平寺正门坐北朝南，门楣上有木质牌匾，楷书"太平寺"三字。内分两殿，前殿、正殿均为坐东朝西，四合院布局。前殿，单檐悬山式屋顶，上盖筒瓦，穿斗式梁架结构，檐下施斗拱，每个斗拱有 12 朵，面阔三间，进深三间；正殿，单檐歇山式顶，抬梁式梁架，檐下施斗拱，每个斗拱 11 朵，面阔三间，进深三间。据记载，太平寺建于清代，而禹庙有近 2000 多年的历史了。

理县古城禹王庙遗址地

古城村建在磨子沟口的二级台地上，寨子矗立着几株高大的百年古树，郁郁苍苍，愈老愈峥嵘，富于庄严之美、粗拙之美。寨内的残碣、古树、牌匾可以说是生于斯、长于斯的历史遗老了，守护着村寨。高大的古树树干粗硕，枝叶如盖，一如宽袍大袖地隐居高士，俯视人寰，与宁静空寂的气氛相和谐，颇令人称奇，构成了远离红尘的世外风景，给千年古寨增添了几许异香神韵。从古松、古柏下走过，树上鸟鸣飞蹿，翅膀惊起扑拉拉的声响，感觉几百年的光阴仿佛就在这树间喧哗流动，"今月曾经照古人"的时空怅叹油然而生。

禹　柏

在禹庙（太平寺）墙外，就是那棵从远处就能看见的高大岷江柏了，当地群众又叫它禹柏。相传，当地的人民为祭祀大禹，祈祷保佑，在县城外的山崖下建了禹庙，供百姓和官衙人祭祀祈祷。在修建寺庙时，在庙子

古城村禹柏

与寨落周边栽植的岷江柏树，以显庄严肃穆。后来，此树成了当地的神树，供人们用来祭祀祈祷。据县相关部门对县域内古树的调查，古城有 8 棵古树，一级保护古树 3 株，二级保护古树 2 株，三级保护古树 3 株。太平寺旁的岷江柏树为柏科柏木属，是杂谷脑河流域内树龄最大一株古树，树龄在 1200 年以上，为一级保护树木。这古树与寺庙休戚与共、远离尘嚣，绝少遭受污染，安安静静地生长数百年、上千年，终于长出了轩昂气象。它们是寨子兴衰的见证，也是风云历史的活化石，超越了世俗与时空，留给后人以丰富的遐想。

桃坪羌寨大禹像

在古城和通化之间的桃坪新羌寨的寨头入口处，立着大禹治水的褐色墙体式浮雕，在碉房、深谷、大山的背景衬映下颇为醒目。作为景观雕塑

桃坪新羌寨大禹雕像

的大禹像背面，镌刻着羌族学者张善云撰写的两篇记述桃坪历史文化的
《桃坪赋》《桃坪新寨赋》。《桃坪赋》开篇即称"西羌圣地，神禹故里"。
继而说："紫气东来，广柔神禹，光耀华夏，一代圣王，彰显人杰地灵；
霞光夕照，文山古庙，石纽岩刻，一脉圣迹，堪谓物华天宝。"再次记述
了桃坪、通化羌地的禹遗圣物。

茂县之禹迹

茂州城大禹庙

大禹在远古历史中，至少在水事活动中，具有保护神的地位，禹王庙
在民众心中占据重要位置。清乾隆《茂州志·祠庙》记载："大禹庙，旧
在阜康门岷山祠下，明兵备李承志移建于城东北隅，崇正末毁。"

清道光《茂州志·祠庙》记载："大禹庙，旧在阜康门外，明兵备李
承志移建内城东北隅，明末毁。明参议任彦杰诗：广柔石纽山，大禹发祥
始。遐哉九赖功，禋祀无穷思。巍巍崇伯子，明德无间言。大孝焜耀照，
伟略盖前愆。帝尧忧未释，司空爰命禹。四载奏平成，勋名高万古。稽古
惟大禹，荒度急生民。后克艰厥后，臣克艰厥臣。夏祀四百年，玉帛万方
总。至哉精一传，百世道之统。岩岩祠庙新，肃肃瞻拜忻。仰止端严貌，
想见执中心。"这说明茂州在明之前就有大禹庙在茂州城阜康门外。具
《明实录》，明兵备李承志于万历十四年至十八年任陕西副合洮岷兵备，因
劾，于万历二十二年九月降陕西副合洮岷兵备，李承志补湖广参议。大禹
庙移建茂州城内东北隅，应于万历十四年至万历二十二年间。

土门乡大禹庙

土门乡建设村西约 400 米的陡崖上有一石龛，庙内供奉有石王菩萨，人称"镇江王爷"。人们历代崇拜大禹，在石龛外曾建祭祀大禹的禹王庙。农业六月六日为"王爷"生日，各寨善男信女带上猪头、纸龙礼袍、眼镜、靴帽等祭品前去祭祀、还愿。相传，这石为大禹出世之石。1935 年，禹王庙被大火烧毁。

羌城禹庙

羌城禹庙位于古羌城银龟包上，是当地人们祭祀大禹的地方。大禹庙为"5·12"地震灾后重建。禹庙门为大禹治水所用耒锸形状，整座庙为碉楼民居窖合型，殿内塑有大禹像供人们朝拜，殿外立有"羌城大禹石碑"记述大禹功绩。

茂县羌城禹王庙与禹王像（王小荣摄）

石纽乡与大禹

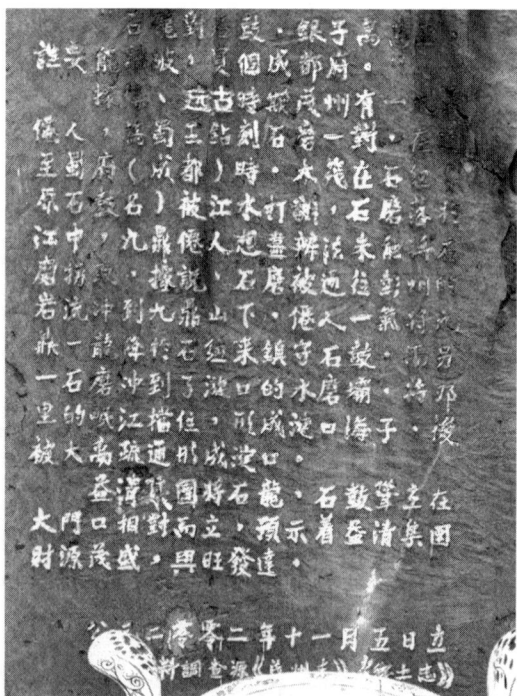

茂县石龙对石鼓记述（王小荣摄）

在茂县羌城大酒店内立有一石碑，其中的文字内容是根据《茂州志·乡土志》记载《石龙对石鼓》的典故，有石纽改石鼓的民谣。据《茂汶羌族自治县地名录》记载：石纽乡（后为石鼓乡），1952年南新乡划出。1961年石鼓村由南新公社分出与石纽乡合并，同时成立石鼓公社（石纽乡随之撤销）至今。石鼓乡因境内岷江左岸临江有一石洞，状如鼓，故此得名。而石纽乡何时得名无法查考。

石鼓乡与大禹

石鼓乡位于今茂县，距县城凤仪镇10公里。相传有一石，其状如鼓，将此石称为石鼓。相传，当年涂山女娇为助大禹战胜黑龙，情急之下，女娇取出怀里的针筒，擂击石鼓，其鼓声随风而起，声震山谷，针筒内的针如箭飞向黑龙，飞腾的身体被根根针扎进体内，黑龙闻声而气奄，最后化为一条石龙隐在山谷之中。故有石鼓之名沿袭至今。

镇江石

茂县石鼓乡境内有一个巨大的石头静躺在岷江岸边，被称为镇江石。相传是大禹治水时来到石鼓这地方视察水情，江面突然卷起恶风黑浪，欲将大禹所乘木舟掀翻。正在这千钧一发之际，突然从江面飞来一条金光四射的黄龙，与恶风黑浪展开一场殊死搏斗后，在黄龙的帮助下，大禹用避邪剑砍下一块巨石，将这作恶的妖怪黑龙镇在了河岸边，这个巨石后被当地乡人传为镇江石。《松潘县志》记载："禹治水至茂州，黄龙负舟，助禹导水"与此传说基本吻合。

神禹故里坊

茂县城凤仪镇上相传有一石碑，碑上刻有"神禹之乡"和"神禹之邦"文字。《茂州志·古迹》："神禹故里坊，阜康门外。"《钦定古今图书集成·方舆汇编·职方典·祠庙》茂州："大禹庙，《一统志》谓：在州治左，后移阜康门岷山祠下，屋宇甚陋。兵备李承志移建庙于内城东北隅，堂殿、庑门如文庙制，岁时崇祀。祠今毁，而附祀于社稷坛内。"清贡生董湘琴在去往松潘时路过茂州，其著作的《松游小唱》记道："茂州局势大开张，西来第一堂皇。曾记由灌而往，几经汶上，三百里山高水长无此宽广。果然是神禹乡邦，纵王业消沉，犹想见兴朝气象……"

北川之禹迹

《新唐书·地理志》载：石泉、中下，贞观八年置，永徽二年省入北川县入焉。有石纽山。山麓有大禹庙。近年北川县的文史工作者根据史书记载，在原县城（今禹里）周围一带找到志书中所记载的有关大禹的遗迹，印证其历史典籍的记载。

禹穴沟禹王宫

北川禹迹考

北川禹迹主要在禹里镇。

北川羌族自治县禹里镇，位于北川县境中部，是西至茂县、北上松潘的要道，青片河、白草河于此汇成湔江奔腾而下。这里是氐羌聚居之地，史称其地乃"番汉要冲""内障成绵，外屏氐羌"，是兵家抢夺的要塞。据史志记载：公元 566 年，为增强边防，北周在事先的北部郡置北川县，为北川立县之始。"唐太宗贞观八年析北川县地置石泉县"，取石纽之石，甘泉之泉，置石泉县，建县城于鸡栖老翁城，治今禹里镇。唐高宗永徽二年并北川县入石泉县。北宋徽宗政和七年于石泉县置石泉军，辖石泉、龙安、神泉三县，至民国三年改石泉县名为北川县止，石泉县以禹里为治所，历时 1280 年。1952 年 9 月，北川县城迁往交通较为方便的曲山后，原县城所在地或以"治城"之名呈现在官方文书之中，或以"老北川"之名盛行于老百姓之口。1958 年改治城公社；1984 年复置治城乡；1985 年建治城羌族乡；1992 年治城、青石、禹里三乡合一，以其为大禹故里更名为"禹里"；2014 年撤乡设镇，更名为禹里镇。

沿北茂公路行 22 公里，就到了今北川县禹里镇政府所在地。禹里是北川大禹的遗迹集中之地，绵阳市人民政府批准大禹故里为市级风景名胜区。景区有刳儿坪、洗儿池、跑马坪、禹母床、禹母灶、金锣岩、血石流光、石纽山、禹里古镇、禹王庙、大禹纪念馆、红军碑林馆等多个自然和人文景观。

禹里东部山峰矗立，相传，"崇伯鲧外出治水，常年不归，圣母思念，常登此山遥望禹父归程，山巅林木繁茂，遮天蔽日，挡住视线，圣母叹道：'眼前若是没有这些大树多好啊！'话音刚落，狂风骤起，将山前高树连根吹翻，此后山前只长灌木花草。故曰'望崇山'。"

从禹里镇政府向南，沿北茂公路往曲山方向走约 300 米处为"神禹故里"坊。穿过坊门，即为石纽村。沿崎岖小路行一里许为灌木林，其间开垦有农田散在其间。山腰石林中一大石上有阳刻篆书"石纽"二字，相传为汉代学者扬雄所书。大石上方建起了亭，保护其字体不受雨淋日晒。据当地老百姓讲，清代学者余炳虎有《石纽停云》诗云："烟罗绕处石崚，高出群峰数万层，山色不随风雨变，往来时看五云升。"《四川通志》载："有二巨石纽结，每冬日霜晨有白毫出射云。"唐代以前，禹里石纽山麓即建有禹庙，每年农历六月六日大禹诞辰日，人们都

北川石纽村石纽石刻

要聚集在禹庙前举行祭祀活动。1935年，石纽山前禹庙被烧毁，庙祭移于禹穴沟口之禹王庙。禹王庙即现在的禹王宫。

与石纽山隔河相望的一处崖壁上刻有"甘泉"二字，传为禹母受孕之处。在禹里的老街禹庙前，立有岣嵝碑，称禹碑、大禹功德碑、禹王碑等。禹王碑，因最先发现于衡山岣嵝峰，又称岣嵝碑。北川禹里岣嵝碑，具史载："明嘉靖年间，成都玉泉人周宗任石泉守备，恰遇北川羌族（白草羌）揭竿反抗朝廷，想培修禹庙，效禹'以德化戎'之法。明嘉靖四十年，周宗拜访了当时主持钟阳书院的绵州名士高简，告知将建禹王庙，想刻制岣嵝碑，但没有找到碑文。高简便将收藏的从衡山拓来的岣嵝碑拓片送给周宗。周宗即请工匠刻制，并于治城禹庙内建碑亭，将岣嵝碑立于亭内。"碑左下方有跋，志其来历：

成都玉泉周君宗备戍石泉，过钟阳书院曰：将建禹王庙，欲求岣嵝碑刻之未得。予取衡山所藏授之。□石泉石纽山，禹产地也。今□□边围，乃为之庙，可谓有志于古矣。昔禹□师振旅三旬有□□。周君之意，岂非欲修文德以化戎，而为庙貌乎哉！又因石纽之灵，以为之志思焉，其亦异诸人矣！然禹之迹犹未甚彰，今得禹碑，而神圣书法蝌蚪古文宛然在目。夫书也者，心之彰也。神明变化，于是乎不可掩矣。昔之人求之千载而不可见者，每用悼惜；乃周君一朝而获之，遂刻之，以壮石纽之灵，岂非兹山之奇遇！予嘉周君之志，爰释其文于前而书此，以为石泉感事云。"并刻有落款："国皇明嘉靖庚申七月朔日，前进士及第吏部文选司郎中绵州大霍山人高简顿首题。巡视石泉城利州卫千户赵勋臣刻石。

1935 年，红军在碑上刻标语两行，后被国民党军队铲掉，碑文大部损毁，现仅存正文 20 余字和零星释文、跋文。

禹穴沟今禹里以北 10 公里，因有"禹穴"石刻，故称"禹穴沟"，为一条长数公里的峡谷。沟内峭壁凌空，奇峰夹峙，山峰耸立，天光一线；沟底溪水急流，山峦烟缭雾绕，一处原始自然风光，依附着许多与大禹有关的历史遗迹和民间传说。我们在这里吃过早饭，前往禹穴沟。在 Y 字形沟的右边，一座红色的寺庙呈现于眼前，五大开间，正中一间上方书金色大字"禹王宫"三字，正堂内供奉一彩绘大禹座像，内墙绘有大禹带领民众治水雕像。1992 年，国家主席杨尚昆到北川考察，为北川题写了"大禹故里" 4 个大字。禹王宫右边立有杨尚昆题写"大禹故里"的石碑，石碑旁边是一个石棉瓦搭建的禹王庙，内供 4 个治水的英雄神像。

禹穴沟，仰望树荫蔽日，俯看苔藓铺地、山花摇曳，耳听鸟语清脆、流水淙淙，就像到了世外桃源。禹穴沟的山峰交替而变化，满目葱茏，浮苍滴翠。现在禹穴沟景区受道路影响，景区停业，游人甚少。在游客接待中心只见一妇女看守。走过木质桥，一路都见旅游标识与相关介绍。上第一个小山梁就见一个八角亭，取名叫金罗亭，此亭以金罗岩而得名，为休闲观景亭。走过几百米栈道，在金锣岩石壁上，有楷书"禹穴"二字，这两个大字相传为李白所书，人称大"禹穴"。再沿着沟崖古栈道遗迹继续前行，来到的便是禹母崖，山崖不大，传说禹母和大禹曾经在此居住。岩穴周围林木苍翠，其一溪流潺

禹穴沟留影

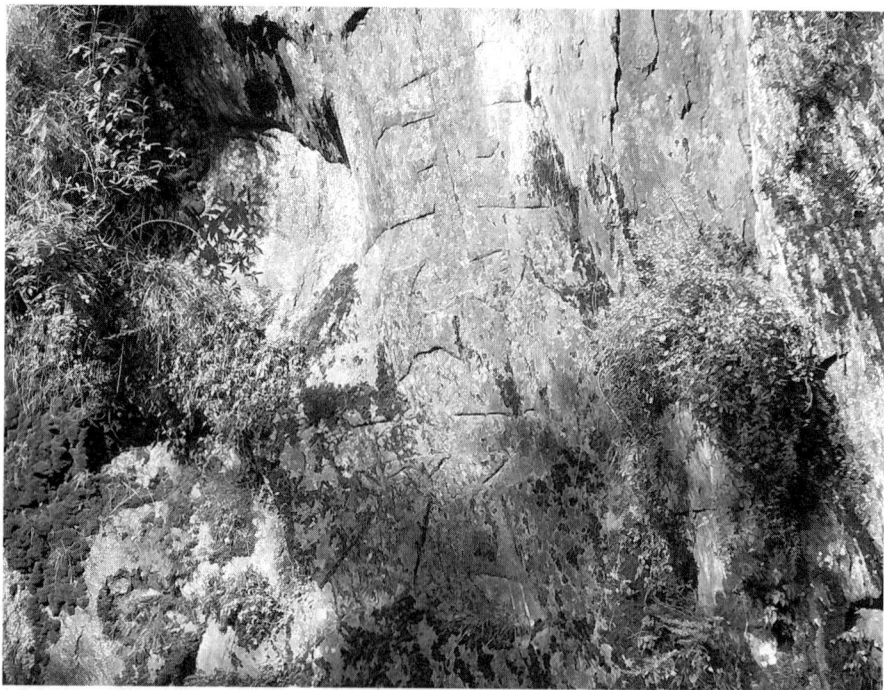

禹穴石刻

潺从高崖而下，标识载：传说大禹的父亲崇伯鲧长年在外治水，迟迟不归家，禹母苦苦相思，久而久之，其泪水便幻化成绵绵不断四季流淌的山泉。山泉骤然跌落，就像是挥洒不去的相思泪。年年相思为谁泣，落为悬泉成追忆，叫崇悬泉。

　　沿着小道一直上行，上面有 10 多个小石潭相连，溪流潺潺，银珠飞溅，人们称之为"连池"。有一连山巨石，其形如脸盆，其水清澈，能映出潭底石之赤色，四季不变，相传禹母诞禹后洗儿处。旅游标识牌载：据《四川通志》和《锦里新编》等古籍记载，此处是禹母生下大禹后为其洗涤的地方，称"洗儿池"。溪流从洗儿池而下，河床白石累累，兼有红色侵入，刮之不去。池底有红色的石床映出水面，传说那些白石头上面的血点，就是禹母当年在这里留下的。红白相间的色彩十分耀眼，又被称作"血石流光"。在洗儿池上方有个坳，其形状很像一把巨大的椅子，其地势

血石流光

稍平阔，俨然人坐卧状，相传为圣母生禹遗迹。据说禹母当时在此休息，突然禹母的肚子疼痛，但一直持续了三天三夜，痛苦的呻吟声惊动了天神，天神见她可怜，就用神刀给她做了剖腹，才生下了大禹。这地方就叫作了"剖儿坪"。从洗儿池上行数百步，一线天是这条沟内最狭窄的地方，两边悬崖壁立，两者之间仅隔数米，头顶只露一线天光，脚下涧溪奔流，崖上泉雨飘飞，在幽暗的崖石上，隐约可以看到刻有"禹穴"两个字。因为比金锣岩上题写的"禹穴"要小得多，因而被称为小"禹穴"。

禹穴沟其实并不深广，从沟口到一线天不到 3 公里。优美自然景观中的大禹遗迹和大禹降生的动人传说，穿越其间，仿佛是在漫游一个跨越时空的公园。从禹穴沟口下行约 5 公里，过了石桥回望，看见公路靠山的一边立有一个戴帽的石碑。顶帽斗形，四面雕刻有花，碑体为正四方体，正面书"禹穴"二字，落款为"颜真卿书"。左侧有碑文，已严重风化，只有不到 10 字能辨认，不能识其文义。也不知何年所书，是不是真出自颜老之手，也无从佐证。

经过多人处打听，禹里乡禹王庙早已毁了，在其原址上建起了北川羌族自治县红军长征纪念馆，旁边的红军碑林长廊陈列着几十通红军长征过北川的石刻标语。旁边就是"5·12"汶川地震灾后修建的北川羌族自治县大禹纪念馆。据了解，在禹王庙还没有毁以前，香火旺盛，十里八乡的群众都前来祭祀。农历六月初六是大禹的诞辰日，每到这一天，在北川禹里镇，羌族同胞们就会身着民族服装，抬着猪、羊，端着水果、五谷杂粮等祭品，表演极具羌族特色和魅力的民俗歌舞，用这样的方式顶礼膜拜，祭奠大禹，祈求来年风调雨顺、五谷丰登。

而禹里镇遵照老街面貌，将原北街和半边

禹穴碑

街一致修建作风貌打造，努力打造石泉街、石纽街等商业街，鼓舞群众开展文化旅游服务。其风貌大都采用的是木梁穿斗构造，竖立的木梁都为风貌装饰。底层多为门面，有卖百货、五金的，有茶馆、麻将馆、餐馆、服装店、鞋店等。在红军长征纪念馆的右边，至今还保留下一段老街，一排木板老房子显得非常陈旧。老街虽落寞，但走在街道上有一种光阴，有一种流风遗韵涌上心头。岁月在这里沉淀，安静而深邃，如一瓶老酒，令人陶醉。走过禹里镇那古朴而时髦的街道时，见人们行色匆匆，各自忙着自己的事情。这里的人民饱经了灾害的洗礼，有了经受世事无常的心思，生命的经历为生活而坚韧着，不灭的生活意志，不被左右的生命定力，如大禹精神品质，成了禹里人的品格和血脉。

都江堰禹迹

　　大禹作为中华民族的祖先，长期以来深受人们的敬仰。大禹治水一去13年，"三过家门而不入"的故事广为流传。在都江堰景区内，从玉垒关下来，漫步松茂古道，便见禹王宫。禹王宫坐落在二王庙与玉垒关之间的玉垒山上，成为治水先贤的纪念地。修建于清朝道光年间的禹王宫，在2008年"5·12"汶川大地震中部分建筑垮塌，后经文物部门修缮。但是禹王宫里可供观瞻的文物、资料寥寥可数。禹王宫大门上的对联"西羌巍秀降神禹，三过永载留丹青"，禹王宫内只有大禹的画像。

　　据史记载，公元前3376年的农历六月初六，大禹出生在广柔县西70里的石纽山。据考证，古广柔县为汶川绵虒。有专家称，松茂古道起点都江堰景区的禹王宫、龙池景区的禹王庙，都说明大禹在都江堰深受人们崇拜。每年农历六月初六，都江堰都要举行大禹诞辰拜祭大典。在都江堰市古堰景区禹王宫内大禹像前举行拜祭大典，敬献花篮，宣读祭文，撞响祭祀大钟。

　　大禹治水影响尤其深远。岷江在明代以前一直被认为是万里长江的源头，史称"江源"，其历史、地理历来有极强的神秘感和神奇色彩。而以大禹治水文化为主要内涵的"江源文明"，对长江文明以至整个中华文明都具有重要影响。因此可以这样说，大禹开创了江源文明。很多人都有一个误会，认为都江堰的治水历史是从李冰修建都江堰开始，其实，李冰治水前，还有鳖灵治水、杜宇治水、大禹治水，尤其是大禹治水影响最为深远。《蜀王本纪》中就记载，大禹治水著名的经验就是"岷山导江，东别为沱"，这正是后来李冰治水"深淘滩，浅作堤"以疏导之法实行无坝引水的科学方法的出处。大禹治水采用的疏导引水工程，不但没有破坏生

态，还保护了生态。这是现代人需要吸收的文明精华，都江堰的治水科学技术都是大禹以来先民治水的智慧结晶。经过大禹、李冰等无数代人的功劳，才形成了都江堰目前的无坝引水工程。

禹生汶川的佐证

大禹是我国炎黄之后又一人文初祖，夏王朝的奠基者，同时又是古代的治水英雄。大禹对中华民族的缔造与发展有着重大贡献。大禹与羌、与汶川有着密切的关系。

禹生汶川、禹生西羌、禹生石纽、禹生广柔是关于大禹出生问题探讨的一个重要话题。而关于大禹诸多史实记载若隐若现，历史文献中有关大禹出生的记载各说不一。近年来，人们因现实的需要而纪念大禹、追忆大禹事迹时，经过大量研究，文献记载对比，大禹生世的记载经历了禹生于石、禹兴于西羌、禹生于广柔、禹生于石纽、禹生于汶川的认识得到了进一步确认。

禹生于石与羌人石崇拜

西汉皇族淮南王刘安主持撰写的《淮南子·修务篇》云："禹生于石。"高诱注："禹母修己，感石而生禹坼胸而出。"传说禹之子"启生于石"。《墨子》言"禹产于昆石，启生于石"。唐代欧阳询等编纂的

《艺文类聚》卷六引《随巢子》云："禹产于混石，启生于石。"《帝王纪》载："禹母修己夜见流星入二十八宿之昴，吞神珠薏苡，胸度裂而生禹。"民间又有禹生于纽石（石纽）之间的传说。这说明大禹与石有着紧密的关联。近年，四川的考古工作者在茂县别立寨的早期石棺葬中，发现有以白石作为随葬品的情况。白石有的撒在石棺内人骨架的上半部，有的放置在人骨头部，有的堆放在人头骨的两侧。这种以白石随葬的情况，在岷江上游的石棺葬中尚属首次发现，说明它保存了古之氐羌对石头的特殊重视，可以说解决了从考古学资料论证羌人白石崇拜渊源的问题。在羌人春祈、秋酬传统祭祀中，杀牺牲洒血于白石进行祭祀，以及岷江上游的石棺葬中的白石随葬，让我们再联系到有关禹与启相关石崇拜的记载与遗迹，包括白石与"血石"崇拜，不难看出禹与羌确实在族源文化上的密切关系。

作者与《禹的传说》非遗代表性传承人汪友伦走访剖儿坪

"岷山导江"的自然环境佐证

《史记·禹贡》"岷山导江，东别为沱"。古文献记载了大禹治水是从岷江开始，"禹兴西羌"说明大禹是汶山之人。东汉景云碑，"先人伯沇，匪志慷慨，术禹石纽，汶川之会。"从碑刻文物上佐证了大禹是汶川之人。关于大禹出生、治水于汶山的结论，我们还可以通过对岷江上游地区古地质考证等方面的探讨进一步佐证。

地处青藏高原东南缘的汶、理、茂地区，是岷江上游羌人生活的主要区域，也是中国著名的岷山地震带，是地震多发地区。20世纪90年代，王兰生、王小群、许向宁等人对岷江叠溪地震滑坡进行了调查研究，在叠溪下游以及岷江支流杂谷脑河中又发现了几个古堰塞湖沉积物，其范围涵盖了松潘以南、汶川以北的岷江主流，以及理县县城至古尔沟一线的杂谷脑河地段。堰塞湖包括叠溪古堰塞湖、茂县古堰塞湖、茂县县城古堰塞湖和茂县文镇乡古堰塞湖、理县古尔沟古堰塞湖、理县杂谷脑古堰塞湖等。研究认为，岷江上游地区在距今2万年前曾发生过重大事件，因地震或冰川运动，形成了一系列堰塞湖。而这些天灾都没有被文字一一记载下来，但被人们以《洪水朝天》《夏禹王治水》等神话故事的方式在民间进行传承。

距今约6000年前，全球气温进入了最温暖适宜的时期。在这一时间，地球文明滋生繁衍，在华夏大地的黄河流域以仰韶文化为代表的各种文化蓬勃兴起。同时，生活在岷山中的部落人群也创造出了同黄河流域仰韶文化一样的新石器时代岷江上游地区的古代文明。2000年以来，考古工作者在岷江上游的茂县相继发现了波西、营盘山和威州姜维城、薛城箭山等遗址。其中，波西新石器时代遗迹约在距今6000年前后，具有仰韶文化庙底沟类型的典型特征；营盘山遗址距今5300~4600年，与马家窑文化的石岭下类型、马家窑类型和以大地湾遗址第四期文化为代表的仰韶文化晚期遗存之间存在较多共同文化因素。也就是说，至少在距今 6000 年前，有羌文化背景的西北人群与岷山中生活的羌人就已经在岷江上游地区交融发展，构建着自己独特的文化。

王兰生等研究者指出："堰塞湖的形成与青藏高原前缘地质的活动有密切的关系，事件的发生可能与古地震有关。" 20 世纪 7 级以上的地震就有 3 次，1933 年 8 月 25 日叠溪 7.5 级地震，1976 年 8 月 16 日和 23 日松潘、平武两次 7.2 级地震；21 世纪就发生了两起大的 7 级以上的地震，2008 年 5 月 12 日 8.0 级的汶川特大地震，2017 年 8 月 8 日九寨沟 7 级地震。按地震发生率及岷江河谷中的古堰塞湖遗迹看，汶、理、茂地区地貌等地理环境发生了巨大变化，可能发生过特大地震，也可能与万年前的末次冰期大量冰雪融化，促使大规模山坡失稳有关。岷江上游古堰塞湖的消失，所形成的滔滔洪水引发的洪灾和冲淤，既给岷江流域的川西地区带来了灾难，让四川盆地形成了汪洋泽国，也为四川盆地作为天府之国输送了大量肥沃的耕作土壤。

岷江上游古堰塞湖的发现，并非孤立和偶然的事件，它与川西平原和岷江上游的古文化之间可能存在一定的相关性。王兰生等指出：据我国权威机构对叠溪古堰塞湖沉积物的测定，可得出自 1 万年前发生第一次溃缺后，大约每间隔 1500 年左右，就会再发生一次灾难，而最后一次的溃缺可能就发生在距今 4000 年左右。这正是大禹治水的年代。根据对岷江上游新石器时代各类遗址的分析，远古人群大多会在河流的两旁选择居住地方。因为河谷相对湿润、植被丰茂，有利于桑蚕、渔猎等农牧渔猎生产发展。远古人类就在系列古堰塞湖两岸的谷地上聚落而居，而这些聚落往往也是系列古堰塞湖周期性溃缺所造成的巨大洪水肆虐和泛滥的地方。而这些周期性规模巨大的洪水，还会携带大量的泥沙冲淤下游地区，造成群发性的各种灾害。当洪水到来时，人们需要趋利避害；而在洪水之后，更需要重新选址，或排涝、除淤、治水，恢复和发展生产。可以说，大禹及其族群正是在这一地区长期的水患和治理中，获得了丰富的治水经验和崇高的治水声誉。

古堰塞湖的发现，从自然环境上证实了生活在岷江上游的祖先曾被洪水困扰，也为大禹治理岷山洪水提供了自然环境方面的实证。羌人口头传说的《洪水朝天》《大禹王治水》等神话故事，就是人们与洪水进行长期的艰难战斗的传承。

大禹在汶山的文化传承

羌人信奉"万物有灵"的原始宗教。"释比"又称"许""释古"等，是羌民社会中以巫术沟通人、神、鬼并且熟知本民族历史和文化、通晓多种知识及技能者。作为古老的羌文化的重要掌握者，是羌族文化的承传者，其传承的释比唱经，内容丰富，是重要的羌文化遗产。根据释比唱经整理出来的《颂神禹》，包括"石纽投胎""出世不凡""涂山联姻""背岭导江""化猪拱山""功德永垂"6个部分，其开篇唱道："在这良辰佳节里/在这吉运高照时/释比我要诵唱经/诵唱先祖大禹根/诵唱先祖大禹源/先祖圣禹生羌地/羌人大禹名传播/他的好事说不完/好事多如天上星/他的故事说不完/犹如凡间之沙石"。这部《颂神禹》释比唱经有600多行，生动地讲述了大禹治水的故事。释比在祭祀敲羊皮鼓时所跳舞步伐称为"禹步"，禹步是释比摹仿大禹治水蹒跚的步伐，更是对先祖大禹的缅怀和对大禹治水精神的再现和传承。至今，释比在进行祭祀水神"耶格西"（大禹）、祭祀山神时，还跳"禹步"的羊皮鼓舞。

20世纪80年代，在羌地民间搜集的《大禹王》传说，其内容包括"石纽出世""涂山联姻""背岭导江""九顶镇龙"和"化猪拱山"5个部分。如"石纽出世"开篇就讲述大禹的不同寻常，"在岷江河上游羌族居住的地方，出了一个了不起的人物。他生下来三天就会说话，三个月就会走路，三岁就长成了一个壮实的汉子，他就是羌族人感激不尽的大禹王。"说大禹是天神木比塔派来治水的，他出生时天呈异象："就在这天夜里，石纽山上空祥云密布，金光四射，一个羌家妇女生下了怀胎十年的儿子大禹。他生下来时满身血污，他母亲把他放进金锣岩边一个水塘中去洗，把一塘水灰洗红了。有人说那塘水每到八月十五晚上，从月亮底下看还是红的。大禹被水一惊，哇哇大哭起来，惊动了天神木比塔，他就为大禹出世时下了三天三夜的金雨。"在汶川县还有许多与大禹有关的地名和文物，如石纽山、刳儿坪、飞沙关双镇塔、禹迹石刻、大邑（禹）坪、涂禹山、禹庙等，在山野间讲述着远古大禹的故事。

大禹故事传九州，人们世代祭祀大禹，传承大禹精神。在汶山的羌族地区，除了释比唱经、民间故事进行世代传唱外，在羌族地区至今还有一种形式——民间戏剧来展现大禹故事，传承大禹精神。羌族戏剧有释比戏和花灯戏之分，而花灯戏已被列入四川省非物质文化遗产名录。羌区花灯戏（马马灯或竹马花灯）中，就有颂唱大禹的剧目《大禹治水》，流行于茂县土门、凤仪等地，以竹子编扎并用彩纸糊成竹马作为道具进行表演呈现。其戏剧开头唱到："先有天，后有地，再有人，在这喜庆的日子里，歌唱我们的民族，歌唱我们的祖先。山有树，树有根，我们来唱羌族的根。最能干的耶格西，是他疏通了九条河，时间用去整八年。第一次路过家门，听见孩子的哭声，可他心中只想到，还有妖兽未消灭。第二次路过家门，听见孩子的笑声，顿觉浑身是勇气，恶魔一定要扫清。第三次路过家门，看见孩子已成人，毅力倍增气昂昂，九条河水定疏通，天大困难吓不倒……"唱词中的"耶格西"，乃是羌人对大禹的称呼。

禹生汶川石纽的历史记载

岷江上游羌人大禹崇拜之风盛行，石纽作为大禹诞生之地，成为史籍地志所必载的历史地理名胜。唐贞观十六年（642），（魏）《括地志》说："茂州汶川县石纽山，在县西七十三里。"（晋）刘昫《旧唐书·地理志四》汶川县载:"石纽山,亦在县界。"西汉时期的广柔,在隋代已改为汶川。(宋)王象之《舆地纪胜》卷一百四十九载:茂州汶川县载:"禹本汶山广柔人,禹所生处。"(明)彭大翼《山堂肆考》卷二十六《石纽》载:"石纽村在成都府汶川县境,《帝王世纪》所谓禹生石纽即此,今名刳儿畔。"(明)李贤《明一统志》卷六十七载成都府古迹说:"石纽村,在汶川县境。"(清)李锡书《汶志纪略》卷二《乡里》载:"刳儿坪,治南十五里,羌居。"汶川的刳儿坪,在汶川县城南 10 余里之飞沙关山岭上。《汶志纪略》卷四《古迹》记载说:"县南十里飞沙关,岭上里许,地平衍,名曰刳儿坪。有羌民数家,地可种植,相传,圣母生禹处。有地址数百步,羌民称为禹王庙,又称为启圣祠云。"(清)李元《禹迹考》辨析说:"汶邑之南十里许飞沙关,俗称凤岭。岭端平衍,方可十余亩,土人传为刳儿坪。坪南悬崖峭壁,下临岷江,前有巨石百丈,前人摩崖书'大禹王故里'五字。"(南宋)计有功《大禹庙记》,说宋代"汶川之民祀禹为汶王"。清嘉庆十年(1805),汶川知县李锡书以刳儿坪启圣祠久经倾颓,乃改修飞沙关上道路于山脚下,并在石纽山重建圣母祠。李锡书撰《石纽山圣母祠碑记》说:"祠既成,爰以六月六日,率乡邑民人而致享焉。岁以为常,用鼓吹牲醴。今愚夫愚妇尽知之,逢为祈报。圣母,神人也,必有已佑我汶人,而延寿多福也。"民间的大禹崇拜习俗,已经确定农历六月六日为禹王生日,汶川大禹庙要举行隆重的祭祀活动。

桃关戴家坪禹迹纪事碑

清乾隆五十年(1785)汶川郑命新知县详述了汶川境内的禹迹,"汶川县南(今绵镇)十里许,名飞沙关。山顶有石纽刳儿坪,相传即离诞生处。论者谓离为石泉人,盖古石泉县有'禹穴'故耳。不知'禹穴'为热息处,无石纽名。今考《蜀志·秦密传》谓'禹生石纽',即今之汶川县。

按汶始于汉，五代时置郡、置县称汶川、汶山不一。自隋及唐罢郡建汶川县属茂州至今因之《皇舆表》载：'汶山县省入茂州、汶山即汶川也。'谯周《本记》：'禹本汶山郡广柔县人，生于石纽。其地名刳儿坪。'按广柔县：晋初、属汶山郡、寻废。则广柔之地，已并入汶川也。今刳儿坪石纽现在，知禹生汶川，洵不诬矣。夫神圣诞生之区。后人往往传闻附会争之为里邑光。况禹生汶川，稽之往册。实有明征，而竟令其久而不传。则官斯土者咎也。因续入志乘，并泐石焉。"

郑命新知县通过记述确定大禹生于汶川石纽山。

羌人是从古至今都保留着浓厚的石崇拜习俗的民族，而大禹和启的传说及遗迹中亦保留着浓厚的石崇拜观念。"禹兴于西羌"，中华历史上向来有此说法，其具体关联就体现在禹生于石与羌人石崇拜中。治水英雄大禹与岷山与汶川的关联，其"禹绩可稽"。生活在岷山羌地的人们视之为治水救难、护佑羌民的"先祖"，人们崇拜大禹，祭祀大禹，这是一种记忆，更是一种承传。岷江上游羌族崇拜大禹，汶川禹生石纽遗迹，佐证了羌人对禹兴于西羌、禹生汶川的认同和传承。

景云碑禹生汶川的实证

景云碑，又叫东汉巴郡朐忍令景云碑，距今1800多年的历史了，是一块价值连城的碑。碑文竟然与大禹有关，与石纽有关，与汶川有关。2004年3月，三峡电站建设中，吉林省文物考古研究所三峡考古队，在重庆市云阳县旧县坪一汉晋朐忍县故城遗址发掘出"汉巴郡朐忍令景云碑"。此碑成于东汉灵帝熹平二年。此碑的出土和碑文所言，让世人看到了一个事实，禹的后裔流于楚地，追述其先祖源于大禹之后——"祖颛顼而宗禹"，所谓"惟汶降神，梃斯君兮"。另一个内容是"术禹石纽，汶川之会"，清晰地表达了其先民是来自汶川的大禹之后，而大禹就出生在石纽，后人多来汶川会盟。这就弥补了一个重要的历史空白，即大禹率族人向东发展，其后人的生存境遇，以及其后人的后人追述先祖伯兄在少康中兴后，为探省祖宗禹的根源在石纽山，曾甲帐龟车，从楚地巡狩回蜀，并在汶川盟誓的史实。

中国先秦的文献记载，不说大禹出生之地，西周青铜器"遂公盨"也不说大禹出生地，最早编年体史书《左传》说大禹之事不说禹生何处。《史记》博采众说，记载"禹兴于西羌"。西羌之地，究竟生于何处，也不具体。最早具体记录大禹出生地的是西汉扬雄《蜀王本纪》："本汶山郡广柔县人，生于石纽。其地名刳儿坪。"后说大禹出生地，都是以扬雄的说法为依据的。汶山郡始置于西汉武帝元鼎六年，地域在岷江上游茂县、汶川、理县东部至北川县西部，为冉駹之地。广柔县治，汉代在岷江上游理县通化，后来迁至今汶川羊店大邑坪。唐代《括地志》记"茂州汶川县石纽山在县西七十三里"。汶川是古石纽之地，是唐代以前所载大禹生之广柔石纽也。东汉"景云碑"的出土，其碑文"惟汶降神，梃斯君兮""术禹石纽，汶川之会"，更加证了大禹出生于汶川石纽山。大禹是历史人物，通过治水，获得的万邦诸侯的拥戴，定鼎九州，建立了夏国。大禹是一个实实在在的人物，他的出生之地，也应当有其生存、生活的必要环境，岷江为大江大河，其两岸土地肥沃，森林、动植物等生存资源丰富，为人类生存提供了必要条件。今天我们从地下（文物）、纸上（文献）及汶川村寨传承的民间神话故事、地名来历等多方面，有力地佐证大禹的故里在汶川。

民间叙禹

羌族文化大多以口传心授，一代代传承到今天。羌人有着丰富的民间故事、神话传说、羌族戏剧等口述传统，它积淀着羌人的历史与文化，结晶着羌人的理念和信仰，这些丰富的口头传述是羌人优秀的传统文化，凝聚着羌人的生命和情感。羌人世代祭祀大禹。在岷山的怀抱中，世代祭祀大禹王的庙、祠、宫、殿，散落其间，其历史久远。如理县通化乡汶山村有禹王宫，汶川县绵虒镇有启母祠，汶川威州镇姜维城有禹王宫，都江堰松茂古道上有禹王宫，茂县土门有禹王庙，北川县禹穴沟有禹王庙等，郫都区至今还有禹庙街之地名存在。

在今岷山羌族地区流传有许多关于大禹王的神话故事，不仅数量多，而且流传面广，其中以《大禹王的故事》《夏禹王治水》《夏禹王的传说》等较有代表性。羌人中关于大禹的远古传说，用舒展的想象翅膀，借助艺术的夸张去编织故事、刻画人物。

大禹王的故事

天上的火神和水神打仗，最后水神被打下人间，他东一头西一头乱撞，跑到哪里，哪里就发大水，给百姓带来无数的灾难。天神木比塔知情后，就派一位治水英雄降生人间。这夜，石纽山上一个羌家妇女生了个怀胎 10 年的孩子——大禹。大禹生下来 3 天就会说话，3 个月就会走路，3 岁就长成一个红松一样的汉子。

这时，洪水为害，大禹领着羌民先是用青桐木去堵洪水，失败后，他决定先弄清水路。在老人的指点下，他来到石纽山对岩的涂禹山上查看水路，与涂山氏相遇，二人结为夫妻后，涂山氏把她家祖传羊皮卷三江九河水路图送给了大禹。

大禹按照涂山氏的水路图，弄清了三江九河的流向后，便穿着涂山氏用五彩金线为他做的云云鞋上了路。途中，弓杠岭脚下的一条黄龙，驮着大禹沿江而上，查清了水路。天神木比塔见黄龙助大禹有功，便封它为黄龙神，后人又在松潘修了座黄龙寺纪念它。大禹在岷江边上，见有一座大山挡住了江水，山前的洪水淹没了房屋和庄稼；山后又干旱成灾，水贵如油。大禹便把这座大山背起，甩到了岷江右岸，从此，人们便把这座山叫"禹背岭"。茂县大山里有条乌龙，经常发大水祸害羌民，大禹决心治服这条乌龙。他在天爷木比塔那里借来九钉神耙，向乌龙投去，这钉耙化作九顶山把乌龙压在山下，这便是茂县东南面的九顶山。

大禹治水 3 次从家门口过都没有回家。涂山氏便站在岷江边盼大禹归来，时间久了，就化作了一座大山，守望大禹归来，即现今汶川境内的涂禹山。

百姓们为感谢大禹治水的恩德，就在羊龙山上的一棵老槐树下立了一块石碑，记载大禹治水的功绩。人们感恩大禹，年年在碑前烧香敬拜。这棵大树张开枝叶，把禹碑抱在怀中，当地人称之为"古树吞碑"，后人把这座山唤作"禹碑岭"。

释比经典说大禹

至今，在汶川县、北川县、理县等地，当地老百姓世代相传"大禹的传说"，留存着大量的禹迹。在释比唱经中，有一部专门唱颂大禹治水的经典《颂神禹》，包括以下几个故事：

石纽投胎：天神木比塔是天上众神之首，手下有两个神，一个管水，一个管火，但这两个神关系不好，经常吵架，搅得人间不得安宁。最后水神被打败，下放到人间。他到处乱跑，把愤恨发泄到老百姓身上，人间水灾不断，一片惨象。天神木比塔知道后，准备派龙神转世投胎到人间收拾局面。就在这天夜里，石纽山上的一个羌家妇女生下了怀胎3年的儿子，出生时满身血迹，母亲把他放进水塘中去洗，一池水都被染红了。后来每到八月十五，月光下的池水泛红。这个孩子的名字叫作大禹。

出生不凡：龙神投胎后，羌家妇女怀胎3年。羌家妇女在石纽山上生下儿子，他生下来的孩子3天就会说话，3个月就会走路，3岁就长成了强壮伟岸的男子汉。他本领强大，能上天能入水。他心胸宽广，治得洪水世太平。

涂山联姻：大禹长大后，看见洪水给百姓带来无数灾难，决心要治理洪水，造福人间。他带领羌民砍树搭枝涂泥堵水，不能解决问题。一位老人对他说，石纽山对面的涂山顶能看到水流的方向。大禹听从了建议，快到山顶的时候，遇见了一个年轻貌美的羌家少女。少女告诉大禹，天神木比塔托梦给她，让她把祖传的水路图送来，帮助他治水。大禹又惊又喜，打听芳名，少女说："我家住涂山，人们都叫我涂山女。"后来，少女助大禹治水，两人相爱，大禹和少女结成了夫妇。

背岭导江：大禹从涂山氏所赠的羊皮卷水路图上弄清了三江九水的走向，认为只有把水引出山区导入大海才能治理水患。大禹治水感动了弓杠岭脚下的黄龙，它飞到大禹身边，要大禹骑在自己的身上，查看三江九河的水路。大禹借助黄龙将阻挡河流的情况察看清楚，大禹伸出粗壮有力的双手，把阻挡水路的羊岭山背起摔到另一边，开通河道，导水出山。

化猪拱山：涂山氏见大禹为了治水过家门不入，整天东奔西走，决定帮助丈夫开山导水。她请求天神把自己变成一头神猪，每当夜幕降临的时候来到大山脚下，用嘴拱山，帮助大禹导江开路，鸡鸣时又变回人形回到涂山，每天如此。挡住水路的大山一点一点矮下去，大禹感到奇怪，于是夜里看个究竟，发现一头浑身泥污的猪，正在用力拱山。猪受到了惊吓，准备夺路而逃，大禹一把拽住显出了原形。涂山氏见大禹识破了自己，觉得相貌太丑，化成神猪沿江西去。

古树吞碑：涂山氏回到涂山，大禹又离家治水。她站在江边等他回家，化成了一座大山，成为现在汶川境内的涂禹山。最终大禹治水功德永垂。当地人为感激大禹王的恩德，在山上立石碑，种绿树，以示纪念，歌颂大禹王的功绩，让子孙世代不忘。时间一久，老槐树将立在旁边的禹碑揽入怀中，当地百姓称之为古树吞碑，也有人把这座山叫作"禹碑岭"。

羌戏竹马花灯说大禹

在茂县土门乡，人们过节时要跳羌戏竹马花灯来除秽祈福。羌戏竹马花灯中《大禹治水》曲目，其唱词为："先有天，后有地，后有人，有男有女。先来唱，在下面，是戴帽子的汉人。在我们上面，是穿靴子的藏人。居中间的是羌人。在这喜庆的日子里，歌唱我们的民族，歌唱我们的祖先。山有树，树有根，我们来唱羌族的根。最能干的耶格西，是他疏通了九条河，时间用了八年整。第一次路过家门口，听见孩子的哭声，可他心中只想到，还有野兽未消灭。第二次路过家门口，听见孩子的笑声，顿觉浑身是勇气。第三次路过家门口，看见孩子已长高，毅力倍增气昂昂，九条河水定疏通，天大困难吓不倒。"

此唱词歌颂大禹治水三过家门而不入的精神，而唱词中的"耶格西"即大禹的羌语名字。羌人历来就对大禹崇敬，羌人迄今仍认为大禹是"祖先"，是"羌族的根"，是羌人当中"最能干的人"。

六月六晒龙衣

农历六月六是一个很吉祥的日子，不管是汉族还是少数民族都会在这一天有所庆祝。六月六，在汉族就有洗晒节的习俗，在羌族地区六月六就有"晒龙衣"的习俗。

在汶理茂的高山羌寨人家中，有60岁以上的老人家中，都要为老者准备"身后事"，备棺材、备寿衣、备酒肉粮食。每年到了六月初六这天，焚香烛、放鞭炮、祭祀，祈求百事顺序。家中的老者要敬祭太阳神，祈求太阳神赐给阳光，温暖万物，都会把备好的寿衣取出来，拿到房背上，一件一件地去晒，而晒的寿衣有帽、长衫、褂子、裤子、袜子、鞋6样，又叫晒六衣六件。而这"晒龙衣"的民间习俗与大禹相关。相传，大禹治水在外，总是风餐露宿，栉风沐雨，常年淋湿了衣物，也只好利用太阳把打湿的衣服晒干。一年夏天，大禹在外带领族人治水，一天三雨三晴，把人们的衣物打湿了晒干。这一天正好是大禹出生的六月初六。后来，人们怀念大禹，人们在六月六这天以晒老人的寿衣的方式来祭祀大禹，因而"晒龙衣"之习俗流传至今。

禹王治水

在岷江杂谷脑河流的羌人地区，老百姓视石纽山为圣地，在他们看来，此山连接着天与地，天神木比塔及众神上下于天地时必经此，这里的一草一木、一石一土都有祖先大禹的灵魂，而大禹王治水的传说流传甚广。相传，在通化汶山石纽山上，有一飞瀑如白练，喷珠溅玉，声达数里，泉水名叫"治蛊泉"，大禹的父母亲鲧和修己上山砍柴，劳作了一天，很是口渴，路过此水，两人就在泉边喝水休息。不久，修己的肚子就开始大了起来，这一大肚足足长了3年。3年后，涂山氏生下了一个孩子，3天后就会说话，3月就会走路，3年就长成了一个力大无比、身长8尺的壮实汉子。这孩子就是带领人们治理九河，平息水患，而被世人感激不尽的大禹。

大禹治水于九州九河，他的事迹传遍神州，大禹成为中华民族家喻户晓的人物，代代相传的一代英雄。在羌族的释比唱经中，也有关于大禹的颂词。颂词在开头就唱到"大禹王给老百姓做的好事有天上的星星那么多，百姓心中流传的禹王故事有地上的石头那么多；他疏导洪流救我们尔玛人，我们世代供奉永不忘。"

相传，天神阿爸木比塔管理着天上的众神，而他手下众神中有两个脾气古怪的神，一个管着水，一个管着火。这两个神灵都有着火爆的性子，常常争吵不休，正是一对水火不相容的家伙。一天，两个神仙又争吵了起来，最后还大动干戈打了起来。一连大战了七七四十九天，斗得天昏地暗，打得一塌糊涂。最后水神败下了阵来，被打到了人间。这个爆性子的神灵装着一肚子的怨气来到人间，东一头，西一撞，他把所有的怨恨都发到了人间。他跑到哪里哪里就发大水，淹没田地、房子和牛羊，给百姓带来了数不清的灾难。真是成了神仙打仗，凡人遭殃。天神阿爸木比塔的女儿木姐珠无奈之下，上天庭告诉父亲这一桩事情。天神阿爸木比塔才知道人间受了大灾，就派了一个力大无比而精明的英雄来到人间治水。这天夜里雷声四起，闪电长鸣，石纽山上的一个妇女生下了一个孩子。这孩子3天就会说话，3月就能走路，3年就长成了一个高大的汉子。这孩子就是后来的大禹王。大禹来到人间时，水灾带给了人们无数的苦难，他决心要为民众治理水灾，治服水神，造福人间。大禹带领羌人砍来无数的青杠棒扎坝围堵洪水，堵了这沟的水，那沟里的水又冒了出来，还是到处泛滥。大禹想，一定要搞清楚水情才行，他就带着一部分族人，登上了高高的涂山察看水情，绘制水路。可就在一个夕阳西下之时，一位裹帕子的姑娘拿着一张羊皮地图来到了他的面前，说这是我涂山祖传的山川九河图，我要把它送给你，你要带领更多的族人去治水。大禹得到了这治水患的九河图，为治水患解除了不少困难。他十分地感激这位姑娘，忘不了这位姑娘，就来到了涂山，娶走了这美丽的羌家姑娘。因姑娘生在涂山，被后人称作涂山氏。

得到了涂山氏的九河图，大禹弄清了九州九河的流向，认识到堵是不能彻底治息水患，只有引水出山，导洪入海，才能治息反复发生的洪流水患。大禹沿江而上，去看看哪些山挡住了去路。分别之时，大禹的妻子拿出了珍藏多年的五彩金丝线，在大禹的一双鞋上绣了两朵彩云，大禹穿上了妻子涂山氏给他绣的云云鞋后，涉水过河，翻山越岭，就变得行走如飞。从此，羌人男女都穿上了这让人身轻如燕的彩云鞋，这就是流传到今天羌族人还在穿的"云云鞋"。

大禹有了云云鞋后，虽能行走得快多了，但是比起无限的崇山峻岭，还是显得力不从心。大禹穿上云云鞋，没日没夜地赶路，来到了羊博岭的山脚下时，感动了住在那里的一只凤凰鸟。凤凰鸟飞到大禹的身边，让大禹骑在自己的背上飞上天空，飞向了水患不停的江河，帮助大禹查清了水患不断河流的水情。凤凰在治理九州九河的时候也没有离开大禹的身边，后来那只凤凰就累死在成都。今天，我们在成都的北郊能够看到一个形状奇特的山丘，呈南北走向，由首尾相顾的两个山头组成，远观似迎春展翅、翘首远望的凤凰。这里就被后人称为凤凰山。

大禹的父亲鲧在治理岷江水患时，治理了很多年都没有平息水患。再加上每一年夏天的灾难，几百条山沟齐发洪水、泥石流，从山上冲下的泥石流涌进了岷江，水被大山和泥石流挡住了，山前的很多房子、田地都被洪水冲走完了，而山后的地方因没有水，田地都开裂成了一列列口子，像是乌龟的背，那里的百姓吃水都很困难，都成了水贵如油。人们先是年年请神，用牛羊来祭祀神灵，但都没有得到神灵的护佑。人们都很是不堪其祸，诅咒这害人的瘟水。

后来大禹王登上了最高的万年雪隆包查看，分清了水路，认为是一座大山挡住了岷山江河水的向前流动，才是这水患不息的真正原因。大禹就下定决心，要除去这挡道的大山。除山的那天，两岸的老百姓都前来帮忙。百姓们看见大禹两手空空，什么也没有带，也没有挖山运土石的帮工。人们都有些不相信大禹会除去那座山，就在边上看，也没有上前去帮忙。人们只见大禹把自己的杵杖向天空高举9下，又向下插9次，最后把杵杖深深地插进了大山的心窝。突然他甩掉身上的斗笠，蹬起双脚，双手反抠住大山上的岩石，只听轰隆一声巨响，满天就腾起了云雾般的尘土，灰尘遮住了太阳，不久河水就像开了锅的水沸腾了起来。等灰尘渐渐地散开、平静下来后，人们才看清那挡住水道的大山已被大禹背起来，甩到了另一座山上去。水路通了，洪流退去，从此山后的平原也不再干旱，变成了沃野千里的良田。

大禹疏通了岷江后，又走向了九州九河。每到一个地方，他都先登上山头，察看水路。为了除去各条江河的恶龙，大禹还从天神阿爸木比塔那里借来了帮助镇住乌龙的九鼎方尊和九钉神耙与恶龙战斗。用九钉神耙钉住恶龙，再用九鼎方尊罩住恶龙，让其不再出世作乱。这就是人们常说的九鼎镇龙。

大禹背山岭、斗乌龙的事迹感动了天下百姓，也感动了每天挂念大禹的妻子涂山氏。她也想帮助丈夫治理洪水，开山导江。涂山上的这位姑娘本来就是天神阿爸木比塔的女儿下凡到人间的姑娘，她求阿爸木比塔帮她变成一头神猪，每天深夜来到大禹开山导江的地方用嘴拱山，帮助大禹开山导江，天明之前又回到涂山。一天，大禹发现挡水的大山被推平了很多，他很是奇怪。第二天，天还没有亮，他就来到了工地，趁着月色发现了一个大如山丘的黑影在不停地拱地，他想看个明白是怎样一回事，就继续向前走去。这下惊动了拱山的神猪，涂山氏发现是大禹，觉得自己现在太丑，无脸见自己的丈夫大禹，就一口气向西方跑去了，化作了一座山，称作——涂禹山，人们以此来传颂夫妻二人。而涂山氏化猪拱山的地方就是今天的四川盆地。

大禹出生在西羌之地，在岷江上游治水实验取得最为重要的成果，而后治水遍九州。后代人们感念他的功绩，为他修庙筑殿，尊他为"大禹王""禹神"，敬拜大禹。大禹曾经治理过中国大部分的地方，他为天下万民兴利除害，手执工具，躬亲劳苦，与万民一起栉风沐雨，同洪水搏斗，几千年过去了，人们还不断地传颂他的事迹。禹迹遍留华夏，整个中国也被称为"禹邦"。

地名故事说大禹

刳儿坪

传说四千三百多年以前，大地上洪水泛滥。"汤汤洪水方割，荡荡怀山襄陵；浩浩洪水滔天，黎民百姓受尽其难。虽然大禹治水以前也有人带领百姓修堤围堰治水，可始终收效甚微，大地上仍然洪水连年。"

一天，玉帝带着护驾到南天门前察看凡间的水情，只见大地上被洪水淹没，只剩下西边的几个山巅，都认不出是哪些地方了。玉皇大帝见了后，怜惜之心油然而生。为了大地上的黎民百姓不再受洪涝灾害，便决定派一位治水英雄来到人间，帮助百姓治理洪水，造福黎民百姓。于是玉帝左手一抛，袖口抛出一颗五彩神珠趁着夜色横过天际，向岷山上空游去。

再说带领百姓治水的鲧与女嬉结婚多年一直没能怀上孩子，鲧与女嬉都为此在心里暗暗着急。没想到在一天夜里，鲧妻女嬉在睡梦中吞下了一颗五色神珠，从此女嬉怀上了孕，这一孕育就3年。

在一个黑夜里，女嬉照常前去迎接鲧归来。快到前山时，突然感觉肚子疼了起来，知道自己要生孩子了，可是又没有其他人，她努力忍着肚痛往回走。可是女嬉没走多远就不能再走动了，她就停在了一处平坦的草坝上。可这肚子一直痛了三天三夜，也没有生出小孩子。她痛苦呻吟惊动了山寨的人们，山寨的人们也没能想出好办法让她生下孩子。人们只好向天祈祷，天上的女神俄司巴得知女嬉3天都没能生下孩子，慈善的女神见她很可怜，于是取出一把石刀，在自己的肚腹上比划了一下。一道亮光闪过痛苦呻吟的女嬉身上，女嬉的肚子被神刀剖开，孩子取了出来。这孩子就是后来的治水英雄大禹。大禹出生后，3天就说话，3月就会走路，他3岁就力大无比，聪慧过人。后被举荐大禹替父治理洪水。大禹母亲生大禹的地方人们叫"刳儿坪"，意思是取儿子的地方。

涂禹山

在汶川县城南30公里处有座大山叫桐林山，相传大禹在此娶妻涂山氏，后被人们称涂禹山。

在河东面的石纽山为大禹出生之地，在河的西面为桐林山。在石纽山对岸不到两里之地的高山上，住着涂山氏部落的人们，涂山侯有一个聪慧的女儿叫女娇。

而石纽山上的大禹是一个治水的英雄，大禹治水从岷江上游辗转来到涂禹山。大禹治水劈山导江，左准绳，右规矩，行山刊木，疏川导滞，根治水患，拯救生灵，声名远播。而女娇这个聪明的女子听了大禹的事迹后，就十分的崇拜大禹。一日，她在涂山见到了身材高大、英俊无比的大禹后，就对大禹产生了爱慕之情。一天，女娇变成一只九尾白狐，再次在大禹治水途中与之相遇。大禹在路途中见一九尾白狐，便不停地追了起来，追到一松林处，九尾白狐突然不见了，转过一个小山梁，一个亭亭玉立的拾野菌姑娘出现在了大禹眼前，一对水汪汪的眼睛紧紧地盯着大禹看。大禹见这一美丽的姑娘，心生喜悦，不再追九尾白狐，转而帮助姑娘拾起了菌子来。两人相处一时，却一往情深。涂山女娇，仪容秀美，生性娴雅，是当地有名的美女，女娇也感到大禹胸怀韬略，是当世之英雄。二人心生爱意，大禹遂向涂山氏求婚，二人的婚事得到了众人的祝福。大禹与女娇结婚不到 10 日，湔山再次山洪暴发，大禹不得不丢下新婚爱人，暂忘私情，奔走治水。临别前，大禹将一块祖传的宝石赠予女娇，以表衷情，而这宝石一年变 4 次颜色，就是四季；每种颜色要变 6 次不同的深浅色，一年变 24 次，正好 24 个节令。在这玉石变换颜色之时，涂山女娇就来到高高的山顶眺望大禹治水。人们常见女娇到山上望夫，两人的事迹深深地感染着人们，后来这桐林山被人们改称为了涂禹山。

禹背岭

汶川县城地处在三山雄秀、二水争流的威州镇。三山是羊龙山、玉垒山和布瓦山。而这三山中的羊龙山曾有一碑很早就矗立在山的怀抱之中了。后来人们习惯地称这地方为禹背岭。

为什么叫"禹背岭"？在当地流传着一个神奇的传说。

传说很久以前，威州不是现在这个样儿，那时的玉垒山与羊龙山是连在一起的，从鹧鸪山流下的沱水和弓杠岭发源的岷江到这儿就受到了阻挡，不能畅流。威州就像一口大锣锅，锅底积水成湖。在风和日丽的时候，湖面平如明镜，四周山峦倒映湖面，风光旖旎无比。可是一到了雨季，山洪暴发，洪水猛涨，原本美丽的威州湖立刻翻江倒海一般，危害无穷。

一年夏季，岷江上游连降暴雨，洪水猛涨，汹涌咆哮的岷江洪峰到达现在的威州这个地方的时候，被大山挡住了，猛涨的洪水淹没庄稼和农田，翻涌的浪涛卷没茅屋农舍，人们困苦不堪。大禹站在古城坪上看到后，心里十分着急。如不采取紧急措施，将挡住洪水的出口的那座矮山搬开，让洪水顺流而下东归大海，洪水就会越涨越高。尽管古城坪地势较高，洪水亦会涨上来将村人的房屋财产卷走，村里人是多么痛苦啊！

于是，他来到湖边，将手中的开山斧放在一边，取下避邪剑，围着四周一阵猛戳，再把捆在腰间的绣花织带紧了紧，便倒背着两只粗大有力的大手，双手紧紧抓住突兀的岩石，然后昂首挺胸，蹬起八字脚，深深地吸了几口气，以迅雷不及掩耳之势，使劲往上一提，突听"轰隆"一声巨响，犹如天柱折了一般，顿时尘埃遮天蔽日，湖水奔腾一泻千里。待尘埃散尽，人们才看见那挡住洪水的矮山已被大禹背到岷江右岸的羊龙山巅上，原先的那个山峦变成了山岭。从此，羊龙山坳的那座山岭，人们就称它为禹背岭了。

后来人们为了记住大禹背山导水的治水功绩，就在羊龙山坳上修了一座石碑，刻记下他背山导水的事迹，并在石碑周围栽了一些树木。几千年过去了，一棵与石碑相近的树越长越大，为石碑遮光挡雨，抵风防沙，后来还用树身把这石碑给包裹了起来，彻底地把石碑保护起来。这一奇迹称为古树吞碑。由于这碑是纪念禹王的石碑，人们又称此山为禹碑岭。

大禹坪

在今四川汶川县南 58 里羊店村，在民国之前，人们称为大邑坪。《清一统志·茂州》：大邑坪"在汶川县南。悬崖临江，地势险固，为金川要路。现设塘汛"。而现今的老百姓说这里是大禹坪，说是写书之人把"禹"记成了"邑"，这是口音造成的误会。大禹坪名字的来历在当地还有一个流传久远的故事。

相传，当年大禹治水来到当今的大禹坪时，这里一片汪洋，几十里长的湖水平静而水波不兴。大禹王沿着湖水不停地向前走，不到半天时间就来到了湖水的出口，只见那出口有一个巨大的石头停在其河道边。流水滑过石面，那石面冲刷得平整光滑，显露出五颜六色的光彩。大禹几步就跳到了那个石面上去，当大禹双脚触到那石头时，一股水柱直冲天空，那巨石动了几下。大禹王觉得好玩，又跳了好几次，那水柱不停地向上冲，巨石就不停地摇动了起来。大禹看那湖口巨石周围的水变得浑起来，湖口的流水加快了流速，并打起了漩涡，大禹突然感觉脚下的巨石在向湖口下方倾斜。他立即跳回岸边，回头一看，那巨石一半的身影已落到了湖口之下。湖水开始变得凶猛起来，翻起了白浪，流水猛力地冲击着那个巨石，水声越来越猛，只听一声巨响，巨石冲下了湖口，湖水带着泥沙不停地向下冲，把整个湖口的泥石都冲去了。湖水流过，这儿就变成了一个大大的平坝。这平坝第二年就长出了茂盛的草叶，几十年后，人们就把这里开垦成了田地。这田地十分地肥沃，长出的庄稼都比其他地方的要好很多。后来人们就把这地方取名叫大禹坪，说是大禹开辟出的大平坝。冲下湖口的那个巨石，后来露出了四方平整的石面，村寨里的人们觉得那是一个有神力的石头，凡是村寨里有重大事情要商量，人们就坐到这个巨大的石头上商议。有人叫那地方为大议坪，就是商议大事的地方。

后来，大禹坪被误称为了大议坪，又被写书的人错记成了大邑坪。

娘子岭

自从大禹离别妻子走出岷山到山外去治理洪水后，涂山女娇日夜思念丈夫，每天倚门眺望，并暗暗祈神保佑，保佑丈夫和乡亲们平安吉祥，治水成功，百姓们免受洪涝之苦，离散的亲人早日团圆。女娇盼了一天又一天，等了一年又一年，还是不见大禹还乡，女娇就下决心前去寻找大禹，帮助治水。

女娇从石纽山出发，一路走来山路崎岖，道路艰难，山川阻隔，路途遥远。涂山女娇经长途跋涉的折腾，来到了海拔2200米的高山之上，在这里环视四周，天宽地阔，莽莽森林尽收眼底。站在山顶向东望去，前方是一望无际的大平原,她不知道继续向哪一个方向走了,只好停了下来。可她的心里想着大禹,想着帮助大禹治理洪水,支撑起身子,望着丈夫带领百姓治理江河的方向。10 年来,女娇每年每季都不断前往这里望夫,看望大禹归来没有。后来人们称这里叫娘子岭或望夫岭。著名的清朝诗人董湘琴在《松游小唱》里写道:"天生一岭界华夷,上十五里,下十五里,佳名自昔称娘子岭……"

女娇前来望夫归来,心情沉重,3 次流下了悲伤的眼泪,泪水滴在了地上化作了 3 股神泉。后来,人们感念涂山女娇和大禹的恩德,就在女娇望夫的地方修建了寺庙来祭祀他们的功德。每年,在女娇望夫的日子,都要举行祭祀活动。而那 3 孔小小的泉眼,不管每年的庙会来多少人,这 3 眼泉都能供全体人使用。平常,无香客,泉也不溢。那山门上至今仍有对联"娘子银台云雾中,天下圣井神泉水"。3 眼神泉旁有石碑书写道:银台三神泉,泉深三尺三,装又装不满,取也取不完,饮了泉中水,永远得平安。

黄龙寺

在四川省松潘县境内,有一条黄龙沟,沟内有一座黄龙寺。这里的沟和寺庙与大禹治水有着紧密地联系。"黄龙"一名则是根据两个古老的传说而来:一是说大禹治水时,有一条黄龙负舟帮助大禹疏通岷江,到了松潘后留在了黄龙沟内。《松潘县志》记为:"禹治水至茂州,黄龙负舟助禹治水,自茂州而上,始有岷江后黄龙修道而去,遗五色山水于凡间,世人建寺,岁岁朝祀。"另一说是古时有位黄龙真人在此修道成仙而去。后人为纪念黄龙真人,在沟内修建黄龙寺。《松潘县志》中也有类似的记载:"黄龙寺,明兵马使马朝觐所建,亦雪山寺。相传黄龙真人修道于此,故名。有前中后三寺,殿阁相望,各距五里。"

在民间有一个更为广泛的传说，上古时候洪水朝天，大地一片汪洋。当时出了一位叫"大禹王"的神人，他为治水沿岷江而上，察视江源水情。在茂州一带，大禹被洪水围困，江面突然卷起黑浪恶风，一条青龙欲将大禹所乘木舟掀翻，缠身大禹，与之进行恶斗，不让大禹继续向前。一条黄龙从水中升起，与黑风恶浪展开一场殊死搏斗。黄龙终于获胜，背负着大禹所乘木舟，溯江而上，助禹王察得了岷江之源。黄龙载着大禹王来到了岷山主峰雪宝顶，在这高原之地，再帮助大禹王搞清了洪水形成的原因，并帮助大禹王与其地的九沟的各条龙协商，共同管理好这一方的山水，让其变得风调雨顺。大禹准备离开岷江之源向下游而去。一天，黄龙招来9条龙，在沟里与大禹话别。大禹向9条龙作恭致谢，9条龙也被大禹治水事迹给感动，作恭致谢。大禹请求黄龙再帮他的治水活动。黄龙抬头向四周望望，见这里沟深森茂，高山、峡谷、雪峰、瀑布、湖泊、林海的交织衬托下，风景十分的秀美，就对大禹说：大禹王，岷山上游的九沟现你已治理好了，这儿景色优美，我要在这里住下，与我的兄弟姊妹一起守护这一方山水。我会在这里修行，为你祈祷，为天下之人祈祷的。

后来，大禹治水成功，向天地祷告，赞黄龙助他治水有功，封其为天龙。黄龙谢封，不愿升天，他留恋这岷山源头，躲藏在原始森林中，用自己的力量美化着这里的山水林间。人们称其为"藏龙山"。黄龙隐藏山沟以内，身体化作了美丽的黄龙风景，头化作了五彩玉盘，身体化作了金沙铺地的流钙，身上的鳞片化作了无数大大小小、形状各异的彩池。这些大大小小、形态各异、五光十色的钙华彩池，如明镜，似玉盘，似翡翠，似彩碟，色彩之绚丽，宛若雕琢，令人惊叹。似入瑶池仙宫，让人身临其境的感觉，这条沟被称为了黄龙沟。后来修庙纪念，故得名黄龙寺。这里的人们至今歌颂它助大禹治水的功德，与史书记载大相径庭。

卧　龙

　　卧龙，位于四川省汶川县境西南的巴郎山脚下，属邛崃山脉东坡。境内山高坡陡，河谷深切，沟壑纵横，风景美丽。现已是联合国动植物保护圈，国宝大熊猫自然保护区。

　　卧龙的神话和民间传说颇多，可以说是神乎其神。《汶川县志》载："卧龙关侧，山势如龙蛇颓卧，故名卧龙。"民间相传，治水禹王在此经过，生活在这里的9条龙得知此事后，前来求封。一条老青龙在前，其他8条龙紧跟在后，首龙摇头摆尾，伏地叩拜，9条龙同时叩首，齐声说道：大禹王请你给我们分封，我们愿意帮助你治水。老青龙双目炯炯，渴望着面前这位为民除害的圣人能理解自己的来意，并得到分封。大禹心想，这一群妖孽，祸害了一方，还有脸前来求封。大禹王于是愤慨地说：一群蛇妖，祸害一方，没斩杀了你们已是最大的恩惠了，还有脸前来求封，还不快滚回你自己的洞穴，不然休怪我的避邪剑。谁知求封不成，反而被贬称为蛇。大禹骂9条龙为蛇妖，9条龙大怒，与禹王争斗了起来。为首的那一条青龙冲在最前面，向大禹王迎面扑来。大禹王见状，立即拔出避邪剑，用力一挥，只见那青龙喷出一股鲜红的血液，整个身体就扔向了对面河的山上，那青龙便僵卧山上。这青龙流着血，一卧就是3个月，最后血尽而亡。其他8条龙见老青龙被大禹一剑斩杀而死，不敢再与大禹王相斗，吓得个个转身飞走，也不敢前来救青龙回去。为纪念大禹斩杀青龙、降伏恶龙之事，称这里为卧龙。

龙 池

岷江上游地区，在民间有关龙的传说很多，人们把很多高山之上的海子都称作"龙池"。而很多关于龙池名字的来历都与大禹治水战胜恶龙有关。清嘉庆《汶川县志》卷七：滋茂池在"县南一百二十里，龙溪沟入四十八里。四合皆山，中一巨浸。俗呼为白龙池，曰滋茂池。一名慈母池，在慈母山下，广数里，汪洋无涯"。这说的就是都江堰的龙池。

相传，龙王把自己的9个儿子都送到岷山雪山之下的9个海子，让它们潜心修炼。谁知道小龙们年纪轻，都是愣头青，离开了父母，一下子来到一个没有人管的地方了，个个都极开心。这时候，岷山中的一条蛟龙看到了这些小龙，计上心头，开始吹捧它们的法力，在岷山各处兴风作浪，给各地的人们带来了无尽的水患灾难。

小龙们受了蛟龙的蛊惑，没有了管束，变得无法无天，在各自的海子上兴风作浪，它们只顾着自己的逍遥快活，周围的百姓们可是遭了不少灾。后来，治水英雄大禹怒斩恶蛟。原本要把小龙们全部斩首，架不住老龙王苦苦哀求，最后，老龙王下令把这些小龙们全部收于九顶山上，将它们锁在锁龙柱上，让它们认真反省。很多年过去了，小龙们认识到了自己的错误，知道自己犯了错，懊悔不已，想要洗心革面，但是被锁在锁龙柱上，想做些好事也没办法啊，小龙们只能日夜哀叹哭泣。一天，大禹路过九鼎山，听到了小龙们的哭声，便按下云头看个究竟。小龙们看到大禹来了，连连哀求，说知道自己错了，以后一定痛改前非，求大禹救救它们。大禹一看，也知道小龙们是真心悔改了，说："既然你们愿意痛改前非，我就给你们找个修炼的地方，你们可愿意为百姓们做点好事？"

小龙们一听，大喜过望，连连点头，表示只要禹王能放了它们，让它们脱离锁龙柱，它们愿意潜心修行，护佑百姓。大禹想了想，说："既然你们虔心向善，这里的百姓以前受过你们这么大的苦难，你们就各自回到自己原来修行的地方，修行佑护百姓吧。"小龙们十分愿意，就各自回到了自己所在海子潜心修行。

大禹王又来到了龙宫，向老龙王说：看到龙子们确实诚心悔过，就赦免了它们。请你从此以后，对龙子们要严加管理，不能再让这些孩子们作恶。老龙王向大禹许下承诺，自己在岷江出山口的地方修行起来，守护着自己的 9 个孩子，同时也护佑当地的百姓风调雨顺、五谷丰收、六畜兴旺。小龙从此后都听从了老龙王和大禹的话，潜心在高山的海子里修行。人们说，现在在山上的龙池里看到的蝾螈，也就是娃娃鱼，就是被锁之后不再长大的小龙。

九龙山

在岷江上游地区，龙池的地名较多，一般都存在于大山之巅。九龙山名就其民间流传较为广泛的传说则是：上古时候，大地上洪水泛滥。浩浩洪水滔天，黎民百姓受尽其难，虽然百姓修堤围堰治水，可始终收效甚微，大地上仍然洪水连年。天上玉皇大帝知道后，怜惜凡间之心油然而生，他为了大地上的黎民百姓不再受苦，便亲自去察看灾情，要帮助百姓治理洪水，造福黎民。

一天，天猿护驾玉帝到南天门前，他与玉帝在南天门观看大地上的洪水情况。看见被洪水淹没只剩下西边的几个山巅，便问玉帝道："那露出水面最多的山是什么山？""那山就是岷山，是江之源。"玉帝接着又说道："那个正在带领百姓围堰治水的人，名叫鲧。虽然他很努力也很辛苦，可他治水的方法不对，收不到事半功倍的效果。我要重派一个人去，改鲧围堰治水的办法为开山疏导治水。否则，治不了洪水，甚至连自己的性命都会送掉。"

数天以后，一颗流星趁着夜色横过天际，然后变成一颗五彩神珠，在岷江上游的上空游移。一位妇女正在地里劳作，明亮的光芒照得田地透亮，她抬头望天，张口正要说话，神珠一下滑入她口中。10 月后，生下一个孩子。这个孩子就是"在外治水十三年，三过家门而不入"的治水英雄大禹。

大禹长大成人后，一天来到汶川的盘龙山一带视察岷江上游支流水情，来到一座高山之巅，感到口干舌燥，便到湖泊边找水喝。且说这湖里早有9条龙相约在此等候大禹，向他求其封位，助他治水，为其建功立业。当大禹来到湖边用双手捧起水喝时，突然看见湖里有9条龙向他点头，意在向他求封。可大禹不知其意，没有思想准备，忽然看见9条龙同时向他点头哈腰，一时惊慌地将龙呼成："蛇！蛇！蛇！"

大禹一连喊了三声蛇，把一条条自命不凡的"龙"们竟然贬成了虫，为首的一条龙气得当场卧地而死，化成一道山梁，状如俯之龙形。此地就是今天的卧龙关。

其余的龙见此情况不妙，它们躲藏起来，怕求封不成，还反而被贬成"庶民"，都纷纷腾空逃离。有的逃到了平武县的青龙河，有的逃到了白龙池，有的逃到了九寨沟的藏龙海，有的逃到了松潘的黄龙洞。而九龙同时出现叩拜大禹求封的地方，人们便称作了九龙山。

九鼎山

九鼎山亦岷山、汶山之高峰，在今四川茂县东南 20 里。《清一统志·茂州》：岷山，"《旧志》：山有九峰，四时积雪不消，一名雪山，俗呼九岭山"。

九鼎山位于岷山山系龙门山脉中部，最高海拔高达 4989 米，属龙门山脉群峰中最高点。这里叫九鼎山，这与大禹治水铸鼎镇龙有关。

相传，天地间有 9 条龙。分别是九爪黑龙、八爪黄龙、七爪赤龙、六爪青橘龙、五爪青龙，四爪金龙，三爪白龙，两爪应龙，一爪蛟龙。这 9 龙中蛟龙最为狡猾。

大王禹在治理洪水时，先后制服青龙、金龙、白龙、黄龙等 8 条龙，并把被治服的这 8 条龙收归到自己麾下，而那狡猾的一爪蛟龙一直没有被讨伐。蛟龙狡猾多变，不像其他 8 条龙那样暴露在外，而是隐藏自身，经常在大禹不常去的地方兴风作浪。那 8 条龙表面上服从大禹，但受蛟龙挑拨，时不时地作怪。

为了管好 9 条龙，大禹让儿子启在营盘山上铸鼎，明面说是要铸造九鼎以显示九州人与 9 条龙兄之间的尊贵友谊。大禹之子启经过 3 个月的铸造，9 个青铜大鼎铸好。于是大禹向外宣布要封九龙为九州龙王，召集九龙聚会于营盘山上。九龙中，那一只狡猾的蛟龙久久没有出现，隐藏起来，暗中观察。封王仪式时辰已到，蛟龙也没有出现。大禹不得不举行封王仪式，让前来受封的 8 条龙各自选取一个州，把代表这个州的大鼎举起来进行宣誓。正在这时，蛟龙腾空出现在大禹前，说道：禹王，还有我呢，我都没有到你们就开分封了。说着就立即举起大鼎，站在队伍中。大禹见九龙都到齐了，就开始默念千斤榨咒语。9 个大鼎突然变重，把 9 条龙个个罩在了大鼎之中，不得出来。

九龙知道上了当，在鼎中不停地挣扎，把大鼎抬得到处都是。大禹看九龙要把大鼎给掀翻，立即祈祷玉皇大帝。玉帝派天猿雄狮手下的 9 个天兵，化作 9 座山峰，将 9 条龙重压在山下。

此后，九龙被完全治服，人间就再也没有了恶龙来兴风作浪了。这 9 座耸立的山峰，人们就叫他九鼎山，或是九岭山。

天赦山

天赦山为大禹圣地。史载：夷人营其地，方百里不敢居牧。有过逃其野，不敢追，畏神禹。藏三年，为人所得，谓禹神灵佑之的天赦山。

《清史稿·列传八十八》中有文字记载："乾隆十三年傅恒发成都，经天赦山，雪后道险，步行七十里至驿。"清李锡书所著的《汶志纪略》中载："按草坡河出天赦山，至大邑坪口，出桃关即入大江。""新治（今绵虒镇）以西，过索桥，则瓦寺土司地。自桃关出口，行六十里明草坡，左右皆深山老林，山顶积雪不消，树木阴翳，阴不见日，中通一涧。行三十里有塘汛，名树林口，道越夹越险，上下各十五里，曰天成山或呼青城山，其实则天赦山也。"还附有一张清代地舆图，在"天赦山"左右两侧清晰地标着"跟达（今耿达乡）"和"草坡（今草坡乡）"两个地名。

映 秀

远古时期，岷山谷地水患无常，民不聊生。大禹继承父志，"岷山导江，东别为沱"，用疏导之法治理岷山水患，使得洪水出山，天地间呈现出一派祥和之景。映秀周围的 28 条河流山涧，在大禹的指导下，纷纷从高山奔流而下，汇聚到河谷里，形成幽深的龙潭。天空蓝，潭水清，群山绿，一切美如图画。大禹被这美景吸引，在青峰崖上书写了八个大字："日映龙潭，秀开天地。"相传这便是"映秀"这一名字的由来。

大禹祭典

汶川禹王庙的变迁

　　在汶川，禹王庙最早建在大禹出生的石纽山刳儿坪上。东汉灵帝熹平二年《汉巴郡朐忍令景云碑》记载"术禹石纽，汶川之会"，这说明汶川

汶川绵虒镇刳儿坪禹王庙遗址

石纽为大禹祭祀中心。大禹功绩通过庙宇祭祀得到代代相传，一开祭祀禹王之风尚。刳儿坪禹王庙建造得十分宏大，布局严谨，前殿供奉着禹王之像，身披玄衮，手捧玉圭。后殿供着其父母之像，其母被尊称为圣母，故又叫圣母像。圣母头缠纱帕，胸前围着缸钵花披，两眼平视前方。崇伯居中，居高临下，指挥民众治理水患。

随着社会发展，人们对自然界认识越来越多，越来越深刻和科学，征服自然界的能力也就越来越强大，流动迁徙和交流更为普遍。道路逐步下移，靠近江边。然而，人们对于禹王的传说和崇拜，并没有因此而淡化和忘却。

1400多年前的公元864年，唐咸通五年正月，在石纽山下道路旁的凤头关（飞沙关）立碑。碑文《凤头关双镇塔赞》（黄杰）："惟汶石纽，古凤头山，群峰锁钥，众壑门阑，迹追先圣，功集后贤。临渊作塔，倚壁为垣，沙飞雁鬐，石结龙盘，金峦拱翠，玉浪回旋。壶中日月，洞里云烟。灵昭古庙，险踞重关。创捐双镇，留题二仙，钟灵毓秀，于万斯年。"可见，早在唐朝凤头关上已修建有庙塔，祭祀大禹及其母亲。

绵虒大禹祭坛

210多年前的清嘉庆十年，飞沙关上再修令人仰止膜拜的圣母祠，又叫启圣祠，六角形，形如塔，土石结构，共3层。

170年前，清道光十一年（1831），迁建禹王宫于绵虒城中，为抬梁式悬架的石木结构。正殿高大，前3间，后4间。梁四周雕花卉，顶有彩绘。每年农历六月六日大禹生日，官员率百姓在此祭祀大禹。"5·12"汶川地震毁坏。

1999年9月，威州镇姜维城建成禹王祠，占地800平方米。禹王祠前放有石狮一对，中塑"二龙戏珠"雕塑，祠堂中央塑禹王站立像，左手扶锸触地，右手高举，指挥治水。右侧塑禹妻涂山氏像，左侧塑其子启像。整个庙宇气势宏伟。

2010年，汶川县"5·12"地震灾后恢复重建。在广东省珠海市的援建下，绵虒石纽山下修建了占地2500亩的大禹祭坛。大禹祭坛分3层，一层为风雨亭阁长道回廊；二层为汉阙和石雕石刻园；三层为大禹立像塑像园。还有"岷山导江，东别为沱"水系景观、大禹书院等。

从古至今，汶川人们祭祀大禹的庙宇在不停地变迁，祭祀中心也随其人居中心发生变迁，而人们祭祀敬拜大禹王的活动代代相传，不变的是人们对大禹的崇拜和感恩。

汶川公祭大禹简介

大禹，出生时间约在于公元前21世纪，亦称"禹""夏禹"，中华民族首个王朝夏朝的建立者，姒姓，名文命，是夏后氏部落领袖，奉承舜帝的命令治理洪水。大禹领导人民治水13年，三过家门而不入，疏通江河，发展农业，人民得以安居乐业，被舜推选为继承人。舜死后即位，划定九州，铸造九鼎，建立我国历史上第一个奴隶制世袭制国家——夏朝，第一次确立君主世袭的政治制度。《六国年表序》中说："夫作事者必于东南，

祭祀大禹

收功实者常于西北，故禹兴于西羌。"可见，禹生西羌的说法始于先秦，从此成为定论，被广为采信。西汉扬雄《蜀王本纪》云："禹本汶山郡广柔县人（今绵虒镇大邑坪，汉置广柔县），生于石纽，其地名刳儿坪。"这是禹生石纽的最早记载。东汉赵晔《吴越春秋》说大禹"家于西羌，地曰石纽。石纽，在蜀西川也"。西晋陈寿《三国志》说："禹生石纽，今之汶山郡是也。"又说："禹生汶山郡之石纽，夷人不敢牧其地。"西晋皇甫谧《帝王世纪》说："禹生石纽，县有石纽邑。"东晋《华阳国志》亦云："石纽，古汶山郡也。崇伯得有莘氏女，治水，行天下，而生禹于石纽之刳儿坪。"北魏郦道元作注说："广柔县有石纽乡，禹所生也。今夷人共营之，地方百里，不敢居牧，有罪逃野，捕之者不逼，能藏三年，不为人得，则共原之，言大禹之神所佑之也。"梁李膺《益州记》云："广柔之石纽村，其地名刳儿坪，夷人不敢畜牧，畏禹之神也。"唐李吉甫《元和郡县志》云："禹汶山广柔县人，生于石纽之刳儿坪。"唐杜光庭《青城记》载："禹生于石纽，起于龙冡。龙冡者，江源岷山也，有禹庙镇山上，庙

敬诵祭文

坪八十亩。"宋罗泌《路史》云："石纽在汶山西番界龙冢山之源。鲧，汶川广柔县人也。纳有莘氏女，岁有二月，以六月六日生禹于道之石纽乡，所谓刳儿坪，长于西羌，西羌人也。"又说石纽山："有禹庙建于山上，庙平八十亩。每朔望，池自漏继，有水给千口。"石纽山下的大禹庙在唐代已建立，宋代茂州城东门有大禹庙，石泉军城南江外也建立禹庙，说明岷江上游羌人仿华夏之风庙祀大禹。民国《汶川县志》记："县治（绵虒）南十里飞沙关岭上里许，地平衍，名刳儿坪，有羌民数家，地可种植，相传，为圣母生禹处。有地址数百步，羌民称为禹王庙，又称启圣祠云。"围绕着3个地名——石纽、汶山、刳儿坪，都在解说大禹的出生地。这些不同朝代、不同地域、不同身份的记录者，都有一颗感恩、寻根、探祖的心，都在怀念大禹这个华夏始祖，弘扬传承大禹精神。

2017年7月12日，四川历史名人文化传承创新工程公布首批四川历史名人是大禹、李冰、落下闳、扬雄、诸葛亮、武则天、李白、杜甫、苏轼、杨慎，确认大禹故里在阿坝州，而阿坝州汶川县、理县、茂县等地是相关大禹出生的史书记载最多最具体的地方，汶川是保存大禹遗迹最完好最丰富的地方，是历代祭祀大禹最神圣的地方。

在汶川县至今保存完好的大禹遗存有石纽山、刳儿坪、禹庙、洗儿池、禹穴、圣母祠、圣母塔、禹迹石纹、涂禹山、禹王宫、禹碑岭等。在汶川流传的《禹的传说》已经国务院公布为第三批国家级非物质文化遗产名录。"人文先祖功盖千秋，立国治水，功高德厚"。2010 年灾后恢复重建，在石纽山下的绵虒镇大禹村建大禹祭坛，2011 年被评为国家级 AAAA 级景区。这个祭坛从岷江河岸依山而建在大禹村，是大禹故里、大禹文化、大禹精神的集中体验和展演地，成了祭祀大禹的最佳地。

汶川有史以来一直拜祭大禹。

公元 173 年，汶川拜祭大禹。重庆市云阳县发掘东汉灵帝熹平二年《汉巴郡朐忍令景云碑》（现珍藏于重庆市三峡博物馆）有"惟汶降神，梃斯君兮""术禹石纽，汶川之会"等文字，明确记载大禹后人甲帐龟车、省祖石纽、会盟汶川之事的记载。

公元 864 年，唐咸通五年，汶川石纽山凤头关（飞沙关）道旁建庙塔立碑《凤头关双镇塔赞》，祭祀大禹母子。

明代周洪漠曾前往岷江上游见禹庙，仰禹功，前往祭拜，并作《雪山天下高诗》追记大禹。

1805 年，清嘉庆十年，飞沙关重修圣母祠（启圣祠），祭拜大禹及其母亲。

1831 年，清道光十一年，绵虒城中再建禹王宫，占地 485 平方米，每年农历六月六日，汶川官员率百姓在此祭祀大禹。

1940 年，民国政府监察院院长于右任率众在刳儿坪祭拜禹迹。

1945 年，汶川知县祝世德编写《大禹志》，并举行祭祀大禹活动。

1999 年，汶川县威州镇姜维城建成禹王祠，占地 800 平方米，民众随时前往叩拜。

2007 年 5 月 12 日至 16 日，汶川县举行"首届大禹文化研讨会"并举行拜祭大禹活动。

2010年，汶川县"5·12"地震灾后恢复重建，在绵虒建大禹祭坛，占地2500亩；7月17日，夏历庚寅虎年六月初六大禹诞日，在绵虒镇石纽山下恢复重建气势恢宏的大禹祭坛，汶川县举行了祭坛落成暨大禹祭祀的盛典活动。国务院原副秘书长、中国治理荒漠化基金会理事长安成信，四川省政协原副主席、四川省中华文化学会会长章玉钧等领导和民众参加落成祭祀盛典。禹里乡人，中华子孙，敬具鲜花珍果，佳牲美酿，祭献于文明始祖大禹圣像之前。

中国汶川大离诞日祭祀典礼祭文

维公元二零一零年七月十七日、夏历庚寅虎年六月初六，大禹诞日。

禹里乡党、中华子孙，敬具鲜花珍果佳牲美酿。祭献于我文明始租大禹圣像之前。

曰：

莽莽汶山，浩浩大江。巍巍帝离，降生西羌。绵虒广柔、神禹乡邦。

圣迹所在，百代景仰。伟哉大禹、治水洪荒。东别为沱、岷山导江。

举蜀安居、民生物壮。江源文明，千古流芳。西兴东渐、踵迹炎黄。

渎清海晏。应绩皇皇、德渥黎庶。固本宁邦，会稽群雄、肇立乾纲。

鼎铸华夏，九州圣王。治水兴蜀，代有传人。追念先贤，开明李冰。

继禹神功，修建湔堋。天府受惠，历代共崇。泽被华阳，祠宇恢弘。

伟哉大离、裔孙繁荣。泱泱中华、猗欤盛隆。改革开放，政通人和。

仁民爱物。天人谐合。承继离业，疏理江河。玉垒涵春。古堰新歌。

巴蜀大地。离风流播。戊子地动。山冢崒崩。生灵涂炭、寰宇哀恸。

伟哉中央。决策英明。抗震救灾。举世风从。民族团结。众志成城。

各省援建、愿创奇勋。山河重整。民生复兴。恭逢佳日，尤感大恩。

敬告我祖。亦慰英灵。再造辉煌，中华文明。

尚飨。

四川省阿坝藏族羌族自治州人民政府

广东省珠海市人民政府

2011 年，举办第二届中国汶川大禹文化旅游节，祭拜大禹。

2012 年 7 月 24 日至 7 月 25 日，开展第三届中国汶川大禹文化旅游节——"锦绣绘禹乡·四载竞风华"，祭拜大禹。

2014 年，汶川县在绵虒镇大禹祭坛举行"2014 年大禹祭祀典礼"。伴随着羊皮鼓声，当地群众身着盛装聚集在一起，手捧水果、糕点和祭祀物品走向祭坛，祭拜大禹，祈福来年风调雨顺、阖家幸福。

2017 年 8 月，汶川县绵虒镇大禹祭坛钟鼓齐鸣，经颂悠扬，一场庄严而隆重的大禹祭祀活动拉开序幕。庄重的大禹祭祀活动，充分呈现了汶川大禹文化和当代汶川的大禹精神。

2019 年，举办中国汶川大禹华诞庆典暨大禹文化旅游节。

2019 年农历六月初六，在汶川绵虒大禹祭坛前，道旗飞扬、羌红飘飘，气势恢宏、庄严肃穆。由四川省社科院、中共阿坝州委、阿坝州人民政府主办，中共汶川县委、汶川县人民政府承办的 2019 中国·汶川大禹华诞庆典在此举行。漫漫史册，述不完禹王功绩，浩浩长歌，唱不尽先贤圣德。在隆重、庄严的大禹华诞纪念典礼上，随释比的鼓点声，人们拾级而上，追怀大禹功德，感悟他三过家门而不入、公而忘私的治水精神，进行祭文诵读，祭献贡品，敬献羌红、鲜花，烧香祭拜。在汶川绵虒镇大禹村，汶川大禹后裔还举行了大禹华诞食礼，以中华民族最传统的家族祭祀形式，为先贤夏禹请牌位，敬献三牲饭菜、三茶五酒等供品，读祝文，焚祝文，叩拜大禹。大禹华诞庆典活动，还开展了大禹文化研讨会，组织专家学者、媒体记者上石纽山剐儿坪进行禹迹寻根活动。

2020 年 7 月 26 日，汶川县民间自发组织的大禹华诞庆典活动在汶川县绵虒镇大禹祭坛前举行。随着 9 声礼炮响起，大禹华诞庆典活动正式拉开帷幕。释比解，颂扬大禹功德；在羊皮鼓声中，祭祀队伍拾级而上，面向大禹雕像敬献牺牲、恭读诵文、三鞠躬行大礼，并进入大禹殿内敬献贡品、插香祭拜。

2020 中国汶川大禹华诞庆典

2021 年 7 月 15 日，由中共汶川县委、汶川县人民政府、阿坝州文化体育和旅游局主办的 2021 中国汶川大禹华诞系列活动在汶川绵虒镇、威州镇举行。在绵虒大禹祭坛，省内外大禹研究专家学者，浙江绍兴市，长兴县鉴明研究会代表，阿坝州茂县、理县、松潘、小金、九寨沟等禹迹地代表，同汶川县群众一起祭拜大禹。在威州镇，汶、理、茂、松、小、九 6 县成立阿坝大禹联盟，举行大禹文化学术交流活动，发布《阿坝州禹迹图》。

大禹治水故事

开天辟地　女娲黄泥造人烟

在中国这片广阔的土地上，从最早的人类产生到现在，已经有170万年的历史了。在最初很长的一段时间里，文字没有产生，人们还不能如实地记录下当时的生活到底是怎样的。于是，人们就利用自己的想象，编造出许许多多有趣的神话，使远古时期的历史世代流传下来。其中流传得最久、最广泛的神话就是盘古开天地、女娲造人烟的故事。

据说在很久很久以前，整个宇宙混沌一片，分不出上下左右，认不清东西南北，如一个浑圆的鸡蛋。在这个浑圆的中心，却孕育着一个生命，这个生命一直在混沌中孕育了18500年。这个混沌中孕育的生命就是盘古氏。一日，这生命孕育完成，他身材高大体格健壮、四肢发达，头脑充满了智慧和灵感。盘古被混沌包围得喘不过气来，于是他便想要把混沌分开。盘古氏用巨斧把混沌劈成了两半，破壳而出。劈开的混沌分成了两半，上边这一半又轻又明，下边这一半又重又浊，他把双手向上托起，脚向下踩踏，慢慢地便把混沌分开来了，清而轻的部分向上升而成为天，浊而重的部分沉而成为地。于是，天与地便分开来了。盘古立在天地之间，脚下踏着大地，双手举着青天。他的身体每年长高一里，天每年升高一里，大地便每年增厚一里。盘古长了9万年，就不再长了，天地也就不再长高长厚了，天就成了9万里高空，地就成了9万里厚的大地。

盘古的肉身完成了开天辟地的使命之后，便躺倒在大地上，盘古的灵魂升到了天上，做了主宰世界万物的天帝，他的身躯则化作了大地的万物。他的四肢化作了四根擎天柱，分立在东西南北四方，支撑起天来。他仰面躺在大地上，头朝西方，脚朝东方。渐渐地，他的上半身化作了青藏高原。两只耳朵化作了喜马拉雅山和昆仑山。鼻子化作了珠穆朗玛峰。胸膛化作了黄土高原、蒙古高原和云贵高原。肚腹化作了华北平原、东北平原和长江中下游平原。心肝五脏和肚肠化作了三山五岳。血管和经脉化作了滚流流动的长江、黄河、岷江等河流。身上的毛发化作了森林、树木庄稼和花草。右眼化作了天上的太阳，左眼化作了天上的月亮。口里的牙齿深埋在地下，变成了大地上无穷的宝藏。

在盘古撑天的9万年间，天地间就只有他一个人，他有时高兴，有时不高兴，他有时哭，有时笑。所以，天地间的气候就都随着盘古氏的喜怒哀乐不断地变化，盘古氏高兴时，天空就蔚蓝一片，万里无云；盘古氏生气了，天地间就阴沉灰暗，乌云滚滚；盘古氏哭泣的时候，他的眼泪就会变成一串串的雨滴，洒落大地；盘古氏叹气了，他的叹息就会变成一阵阵的狂风。盘古死去，天地通过数次沧海桑田的变迁，他的身体变成了花草树木、山川河流、风雨雷电。这样，天地间有了流动的风、灿烂的阳光、绚丽的花草、震撼的雷声，一个丰富而又美丽的世界诞生了，天地间就有了欣欣向荣的景象。

有了天地，天空住着各种神仙，热闹非凡，而大地上虽有了万物，但大地显得有些荒凉寂寞，缺少活力。女神女娲来到这寂寞的世间，沐浴着春风雨露，观赏着瑰丽美好，但心中有些孤独。一个十分偶然的机会，女娲来到一处水池边，清澈碧透的池水，倒映出了女娲那秀美的身影。于是她抓起了地上的黄土，按照自己映在水中的形貌，揉团捏成一个娃娃形状的小东西。也许是由于出自神灵之手，说来也很奇异，当女娲把这个泥娃娃放到地面上，这个小东西就有了生命，眼睛睁开了，嘴巴张开了，手舞足蹈，活蹦乱跳。女娲造了人并构建人类社会，又替人类立下了婚姻制度，使青年两性相互婚配，繁衍后代，人类便生活在这大地之上。

大地上有了人类后，世界又经历了几十万年的发展，在几十万年的发展中，经历了数次沧海桑田的变迁，让人类不断地经受着苦难，并在苦难中拼搏向前。10余万年之前，西沟（岷山）树木高大，河谷深幽，河水水流平缓，林中野果盛多。人们过着上山采果、下河捉鱼的美好生活。每隔一段时间，大家就要聚集在一起举行祭祀天活动。人们在祭祀塔前，洒血祭祀天地，对天发誓，磕头叩拜。大家虽各是一个部落，各住一地方，但都以兄弟相待，彼此和睦相处，大家紧密团结。可是，在几万年前又一场灾难来到了人间，那便是一次毁灭人类的洪水朝天的大灾难。

洪水朝天　女娲五色石补天

洪水朝天是世界很多民族都有的神话故事，讲述着远古时期人们生活的环境和人们战胜自然灾害生存下来的故事。生活在岷江上游的羌族地区的人，也流传着许多与洪水有关的远古传说，其中就有一则关于洪水朝天、女娲补天、鲧禹治水的故事。

相传，天堂里住着众神，其中有两个脾气古怪的神：一个管着水，叫热喜；一个管着火，叫蒙格西。这两个神灵都有着火爆的性子，常常争吵不休，正是一对水火不相容的家伙。一天，热喜和蒙格西这两个大神又争吵了起来，最后还大动干戈打了起来。一连大战了七七四十九天，斗得天昏地暗，打得一塌糊涂。最后水神热喜败下了阵来，被打到了人间。这个爆性子的热喜装着一肚子的怨气来到人间，东一头，西一撞，他把所有的怨恨都发到了人间。天本来是由东西南北4根天柱支撑起来的，他跑到岷山上把支撑西天的柱子给撞断了，西天没有了柱子，发生了坍塌，天出现了一个大窟窿，天水就不停地往下流，淹没了西沟所有的田地、房子和牛羊，倒下的天柱在地上砸出了一道道沟谷。帝尧一手创造的太平世界亦因此而被破坏得一干二净，天上、地上同时涌出许多水来，淹没了这些裂纹的沟谷来，给百姓带来了数不清的灾难。凡间就发生了洪水朝天的事情，生活在这里的百姓只好搬家到更高山上来。真是成了神仙打仗，凡人遭殃。

一天，女娲娘娘驾起浮云，下凡查看自己的孩子的生活，一路西行，看见大地一片汪洋。来到一处洪水淹没处，只见许多人正向上天顶礼膜拜，然而就当这时，原本一片平静的洪水，突然泛起了极大的波涛，一时间洪水上扬，瞬间便把原本正膜拜上天的人卷了进去，只闻得人们惨烈的尖叫声此起彼伏。

女娲目睹了人间遭受如此的奇祸，感到无比的痛苦，一时间不忍天下儿女如此受苦，于是决心补天，来终止这场灾害的发生。以自身之力，开始铸鼎以求上天，祈求上天能派下神将，解救天下苍生。于是她上天庭，将大鼎敬献给天神，请教天神盘古说："天出现了窟窿，洪水淹没了大地，该怎么办。"盘古问道："现在地上还有什么东西可用？""大地上只剩下石头和黄土了，地上的树木都被大火给烧了。"在盘古的指教下，女娲回到了凡间，发布命令，叫众多百姓选取地上的青、黄、赤、白、黑5种颜色的石头，预备35000块用来补天。再让一部分人砍树架火，把35000块石头熔化成浆，用这些石浆把残缺的天窟窿补好，再用黄泥把缝隙补好。之后，女娲与祸害百姓的龙蛇展开搏斗，擒杀了残害百姓的恶龙恶蛇，把这些龙蛇的尸体与黄泥一起炼成天柱，把倒塌的西天支撑起来。天补好了，人们欢欣鼓舞，对女娲感恩。可女娲腾云而起，留下了一句："我老了，我累了，以后的灾害，会有新的英雄来解救你们的苦难……"乘云而去。众人匍匐在地，长跪不起。

临危受命　鲧大战怪兽妖孽

天补好不再漏水了，可是地上的洪水淤积着不退，各沟谷的山上还不停地流出更多的水来，不断地淹没山川大地。帝尧见洪水不停地上涨，急得四处寻找治水的能人，众臣举荐崇山鲧来治水。说这个人生性耿直，疾恶如仇，才情过人，会是一个治水的能人，他的妻子女嬉，人也贤淑，但鲧受到其他大臣的排挤，看淡了世态，带着妻子女嬉回汶山石纽地居住，不问世事，专心研究学问了。

话说鲧，原本是盘古开天辟地之后，由天地间的一团阳气所成，来到凡间助先帝治理天下，但在其他大臣的排挤之下，受先帝的冷落，就不在皇朝做臣了。

帝尧于是就派官臣前往石纽山上请鲧治理洪水。一天，几位官人骑着马匹走上了石纽山，来到了鲧与女嬉生活的草房前。众官人下马推开了鲧的房门，见鲧后，立即拱手行礼道：鲧伯大人久仰、久仰，失敬、失敬。随后把帝尧请求出山治水的事情向鲧讲述了一遍，再说道，现天下洪水朝天，百姓受害，没有人为百姓解除苦难，我们是专程来请你治水。鲧道："我已不理世事多年，也无才能平息洪灾，岂能担如此大任，朝中人才济济，你们去寻他人吧。"于是背着手走进了内室。前来敬请的官人在外说道："大人，说来惭愧，我等食天子之禄，受天子之令，数十年来不能平息水患，今朝廷大臣，上不能匡主，下亡以益民，皆尸位素餐，实属有罪。望大人以民事为重，不要再推脱了。"

鲧虽生活在石纽山上，没受洪水的灾害，但也听说不少因洪灾而失去家园和生命，心中很是忧伤。妻子女嬉见了便说，"你在家多年，不问世事，耕读自在，何等快乐，宦海风波，险恶难测，依妾愚见，不如托病辞去吧。"

鲧道："我岂不知道宦海风波，险恶难测，但百姓的生死让我无法心安。十数年不能平息洪水，他们是没有办法了，我也想趁此机会建功立业。托病推辞的话，你休再说。"

官臣再次道：望大人以民事为重，为国分忧。

于是，鲧便改口道："既然足下如此说，为国为民，我就自我牺牲了吧。"

"承大人慨允出山，真是万民之福，那就请崇伯随我进皇城面见尧帝吧。"

"请夫人与我收拾行李。"女嬉终不以为然，说道："古人有大事，问于卜筮。现家中有三易，何妨拿来筮一筮呢。"鲧道："大丈夫心志已决，岂已应了人家，筮它做什么？"女嬉无可奈何，只得帮鲧收拾行李。

鲧来到皇城与尧帝见面。尧当着众臣的面说："鲧，你是先朝大臣，因事纷杂，未对你体恤、任用，现诸臣举荐你来治理洪灾，不知你……"鲧听到此，忙作揖道："请尧帝放心，臣定能平息水患，不则请予治臣罪。"在尧帝的许可下，鲧选用治水帮手，就前去平息水患了。

鲧带着治水众臣来到必溜格，眼前一遍洪魔滔天，两头怪龙正在水上来回大战，旋起数丈巨浪。水患不绝，怪兽又出来兴风作浪，鲧见状，大叫一声："孽畜，受死吧！"随着一道寒光从右手中的仙剑上飞射出，但见其过处，水面划出数道深沟，两怪物惨叫一声，头被寒光猛地砍了下来，落入了深水之中。一时间，猛兽受了重伤，却也凶性大发，猩红的身体朝鲧飞旋而来，瞬间猛地裹住了鲧，接着紧紧地勒了起来，似乎想把鲧勒死一般。"好大的力道啊！"鲧使出浑身之力，亦不由得被凶兽勒得有些喘不过气来。就在鲧窒息之时，手中的仙剑再一次发出了光芒，两蛇身被断数段，掉在地上转起圈来，猛地钻入了水下，瞬间便已失去了踪迹。

眼见怪兽想借水遁走，鲧口中念道："天地乾坤，起！"随着鲧话音的落下，原本连成一片的洪水，在鲧方圆千丈之内，竟然全部浮了起来，一时之间，鲧发现了潜到水中的怪兽正准备合体成身。"去！"一声呼喊下，鲧把仙剑抛了过去，顿时，仙剑化作了一座山压住了怪兽，翻涌的水面随后渐渐平静了下来。

而此时，鲧的脸上亦产生了一丝红光，却是虚耗灵力过多所致。要知道，仙剑的使用，是要鲧本命之阳气才能发出巨大的威力，刚才的几次用剑，乃耗费了许多鲧本身之阳气。而以鲧之能，已不可能用本身之阳气操控仙剑过久，皆因其耗费灵气实在太大了。想不到世间一处洪荒怪兽便有些能耐，而现在自己仙剑又化作了一座山镇着怪兽，没有了仙剑，又阳气大伤，看来自己还得上天界去请求帮助。

虽能通天达地，但鲧很久没回天庭上了。鲧见自己这么辛苦才能解决一只异兽，心中不禁有些惊慌，想回天界搬救兵，却也不知该如何向天帝玉皇开口，一时间反倒没了主意。鲧正自沉息，默祈祷，突然，原本因怪物死亡后而平静的水面突又翻涌起来，鲧忙架起浮云，飞升到高处。鲧自知，如果水中再出现一只如刚才那般的三头怪兽，恐怕自己今天就真的得丧命于此了。

却见水中一时翻涌，原本平静无波的水面突然产生了一个极大的漩涡，瞬间，刚才化作的山飞起，渐渐地变成了仙剑，而那怪兽的巨大尸体在漩涡中飞快流转，化出了一缕烟尘，飘向了天空。再看平静后的水面，却立着一个上半身为人、下半身是蛇的怪物。

鲧一定心神，怒斥道："尔安敢如此猖狂，尔等究竟是何怪物，为何要到人间如此破坏！"

怪兽望了望正在空中的鲧，脸上显得有些曲扭："呵呵，吾等是天帝玉皇之人，哈哈……吾等现在是世间的水妖，尔能把我怎样，吾等聚齐，尔等受死得了，哈哈哈……"山谷狂风四起。怪兽妖孽正在聚集，自己已阳气大伤，鲧感到无力再战怪兽。这些怪兽只有天帝玉皇神仙收回了灵气，才能现出了原形，不再作恶。于是便驾云飞向天庭，请天帝玉皇收了这些妖孽，自己好一心一意治理水患。

鲧行至玉宵宫，见天帝玉皇此时正在早朝，亦顾不得礼节，只是微微行了个礼，有些气急败坏地说道："天帝玉皇，大事不妙啊。"鲧急忙向天帝玉皇讲述凡间遭受怪兽妖孽的祸害和苦难。天帝玉皇见鲧如此无礼，竟只微微行礼便作罢，心里不禁有些生气，然而，当听了鲧之言后，心中却震撼异常。天帝玉皇正要派人察看情况，怪兽妖孽们追到了天庭门口，天帝玉皇见状，伸出袖子，默默口念，怪兽妖孽们化作了一缕缕青烟飘进了袖口。

息土围堰　治岷山洪水失败

　　凡间洪水中的怪兽妖孽被天帝玉皇收了回去，凡间再没有妖孽作怪。鲧从天庭回到了人间，但仍见数十年形成的洪水还是没有消退，有的地方洪水还在不停地上涨，水患仍在伤害着百姓的生活。鲧又开始带领众人治理洪灾。鲧见水不停地上涨，就教给百姓"天地绝"法术，命令众人用"天地绝"来刊木运土，围堰堵水。木垒堤，土护堤，百姓开始还能努力筑堰，跟上上涨的洪水，整个西沟的洪水被圈围了起来，洪灾得到了暂时的控制。但时间长了，人劳累疲乏，渐渐地就跟不上上涨洪水的速度了。形成的堰塞湖，就开始溢水、决堤。涨满堰塞湖的水开始慢慢向外溢流，渐渐地水流变快，水量变大，后来形成滚滚波涛的大洪水，冲毁堰堤，倾泻而下，泛滥的洪水让更多的人受灾、受难。鲧想，只依靠人间的力量是不能治好洪水的，要到天庭讲，天帝玉皇派众神来帮助才行。于是鲧再次驾云而去。来到天庭，鲧忙向天帝玉皇作揖道："启禀圣上，为臣已经把女娲娘娘留下的'天地绝'传于人间之人，用来治理洪水。开始，还能控制洪水，但是到后来，洪水越来越不能控制了，开始决堤了。臣发现人间之洪水已经十分巨大，以臣一人之力根本不能完全帮助人类把洪水治服。特此向圣上禀报，请求天帝玉皇帮忙治水，还需要众多神将帮忙才行。"不等天帝玉皇开口说话，鲧又说道："臣想借圣上的神器'息土'一用。天帝玉皇意下如何？"（相传，息土是由5种石头炼就而成的一种土，它能自己不停地生长。本是女娲之炼就的补天之物，女娲死后不知怎么就到了天帝玉皇的手上。）

话说鲧把"天地绝"教给百姓用来治水时，因泄漏了天机，天帝玉皇就有些生气，脸上闪过难看之色。而这个不知天高地厚的伯鲧，又在打自己最为宝贵的息土，感到有些吃惊，心中更是不好受。但天帝玉皇转念一想，鲧借自己的宝贝，是为了治理洪水，帮助百姓，这也是帮朕，脸上就露出了笑容。一时间，朝中众臣没想到鲧竟然会向天帝玉皇借此宝贝，又不解天帝玉皇的笑意是何意思，大殿之中陷入了极为安静的境地，群臣谁也不敢多说什么，都陷入了无语之中。

望着众臣那忐忑不安的神情，天帝玉皇笑道："好，为了挽救人间浩劫，朕可以把'息土'借与你，不知道伯鲧大人可有把握能治理得好人间洪水？"

鲧见天帝玉皇竟然答应了自己的请求，一时间大喜过望，忙答道："臣愿以性命担保，只要有你的宝贝'息土'在手，臣一定可以帮助人间解决水患，还人间一个清平世界。"

"好，既然你如此保证，我便将'息土'赐予大人，待大人治好水患之后再还与朕。我派天猿雄狮帮你看守'息土'，用后让他带回天庭。"天帝玉皇说罢，突地挥了挥左手，但见一块毫不起眼的灰色泥土从天帝玉皇的衣袖中飞了出来，直向鲧飞来。

鲧忙用双手接过。"谢天帝玉皇圣上，臣一定不负圣上所托，全力以赴治理好人间之水患，还人间一清平世界。"

一时间，群臣都跪了下来，大声喊了起来。"吾帝万岁，万岁，万万岁！"都感恩天帝玉皇为百姓着想。

息土在手，鲧回到了人间，来向尧帝报告。鲧说："吾已有治水之法，但需你等人间之人协助，如此方能治此水患，还人间一清平世界。"

尧帝派大臣组织百姓到各洪水处等待。鲧每到一处，望了望自己身下那些衣衫褴褛的人们，眼中都显露出渴望的眼神，一时间，鲧心中竟然产生了不忍见他们的念头，于是便说道："吾已经借到了天帝玉皇的宝贝

'息土'，来帮助你们治水。俗语云，土能克水。我想，只要把水给堵住了，我们自然便能制服洪水，人间会是一片清平世界。"说罢，鲧便放出了"息土"，口中念起了"息土神决"。但见息土越长越大，越长越高，瞬间，便把附近原本泛滥的洪水给围了起来。人们也拿工具覆土围水。

鲧带百姓热火朝天地治理着洪水，口中念起"息土神决"时没有避开众人，泄漏了天机。"息土神决"被众人听去，天帝玉皇的宝贝"息土"因"息土神决"泄漏，其力量不再是无可匹敌。"息土"根本发挥不出全部力量，最终越涨越高的洪水冲破了息土的包围，冲破了人们辛苦筑起了的堤坝，再次泛滥起来，而人间，再次丧生了许多生命。

鲧失误最终导致了其治水的失败。由于鲧治水不利，天帝玉皇决定收回其"息土"。天帝玉皇要收回息土，伯鲧知道"息土"收回了，自己就再无力为百姓治水患了。于是在被捕之时，鲧把天帝玉皇的"息土"咀了，吞到了肚子里。鲧因吞食"息土"，受到天兵围捕，招来杀身之祸。

天狮捕鲧　剖鲧腹大禹出世

鲧吞食了"息土"，天猿雄狮不能向天帝玉皇交差，便勃然大怒，派出天兵捉拿鲧，取回"息土"。

天兵天将包围了鲧，天猿雄狮趁鲧不注意，夺走了他的仙剑，并要绑鲧伯回天庭受死。众百姓听了，突然激动了起来，用自己的身体团团围着鲧伯和天兵天将，不让天兵天将捆去。于是，众百姓与天兵天将间相斗了起来。没有武器的百姓哪里是天兵天将的对手，一批批被天兵天将打倒打伤，但是百姓个个不怕死，虽有一批批百姓死在了天兵天将的刀剑之下，但是，伤了的百姓又相互搀扶着站起来，再次保护起伯鲧来。各地更多的百姓得知消息后，纷纷连夜赶来，要保护为解救百姓受苦受累的鲧伯大人。天将见百姓们舍命保护鲧，爱护着鲧伯，心中不免产生了恻隐之心，同意不把鲧绑回天庭。但先要把他关在石纽山上的地牢里，再向天帝玉皇请饶不死。

话说鲧吞食"息土"之后，身体忽冷忽热，腹内有一股气在不停地运转，翻江倒海似的。那是鲧的阳气与"息土"的灵性在相互作用、相互融合，过了几个时辰，鲧的腹内渐渐地平静了下来。

把鲧关在石纽山的地牢中，由天兵和百姓共同把守，天将回天庭禀报求饶。百姓在地牢旁守候了3天，不见天猿雄狮回来，也没见天兵对鲧进行伤害，于是，大家又开始覆土治水。其实天将把鲧关在地牢之中，自己上天庭求饶是一个缓兵之计。天将并没有回天庭，只是躲在半空的云彩之中窥视百姓的举动。见百姓们又开始覆土治水，天猿雄狮回到石纽山地牢，杀死看守鲧的百姓后，把鲧拉上石纽坪开腹取息土。

当猿雄狮举刀剖开鲧的肚腹时，天空雷声隆隆，闪过几道电花，把寂静的大地照得一片明亮。天将的卷云刀剖开鲧的肚腹，没见一丝血流出，只见一个黑灰黑灰的肉球滚了出来。同时发出"哇、哇、哇……"的哭声，那婴儿的哭泣声又隐约从雷声中传来，却依然显得清晰入耳。而在这寂静的时刻，却也是显得那般的突兀。一股气旋以肉球为中心，以难以想象的速度聚集着，那肉球成了这漩涡的中心，正在不停地吸收天地间的阴阳之气。那一肉球就开始见风就变，见风就长，渐渐变成一条大虫，哭声也由模糊到清晰地渐渐从那虫体内传出。突然，一道金光击来，那长条形的内体猛地爆发出一股更为耀眼的光芒，两种光芒在其上空混旋起来，最终缓缓地缩入体内。瞬间，哭泣声停止了，那条虫的肉体便被这两道光芒极大的能量给化成了尘埃，在原本虫所在之处，留下了一个被金光所包围的状若元婴之物。想来，这便是婴孩的魂魄了。哭声再起，直到元婴完全出现。后来，这哭声接连三天三夜不停，而那婴儿虽在不停地哭着，但天地间有一股气旋仍然在其四周不停地聚集，元婴不断地吸收天地的阴阳之气，身体也在不停地长大。

天猿雄狮虽是天庭的神仙，可是也没见过这突如其来的变化，一时不知所措。3天之后，一道光芒从空中滑向婴儿，可就在击中的瞬间，婴儿身上猛地爆出了一阵强光，"轰……"的声巨响后，哭声停止，狂风大作，一瞬间，竟把空中那密布的乌云吹得无影无踪，天地间透出一丝光亮。狂风过后，大地已经恢复了正午的情形，太阳亦露出了灿烂的笑容。

突然，一道天帝玉皇的圣旨就传到了天猿雄狮的手上，天猿雄狮得到圣旨后收兵回到了天庭。

三天三夜的奇怪天象让百姓不知所措。归于平静之后，百姓和鲧的妻子女嬉来到石纽山，但见地牢的山坡已被旋为一个大的平坦之地，一个孩子正在这大坪坝的中央玩耍着两团黑黑的泥土。而那孩子，一心在地上摆弄那两个泥玩儿，不理睬人们。女嬉见那孩子既喜也怕，人们看了很久，但都还是不敢靠近那小孩子。这时一阵微风吹来，使人们恐怕的心情舒缓了下来，女嬉一步步独自走向那个玩泥的孩子，快到身边时，那孩子突然叫了一声"妈妈"，吓得女嬉定在了那儿，而其他的人都后退了几步。定下神来，人们一下子明白了，这孩子可能是鲧的化身——鲧的儿子。那孩子拿起那两块泥，走向了女嬉。女嬉看那孩子走来，不自觉地蹲了下来，伸手去摸了摸那孩子的头。当手摸着孩子的头时，感觉到一股气从手流向身体，害怕的内心一下平静了下来，转而对孩子生出了一份喜爱之情，不自觉地伸出双臂将孩子抱在了怀中。

女嬉把孩子带回家一起生活。

一天，她带这孩子来到石纽山的山溪涧洗身子，女嬉把孩子放进溪间的一个小池中，用手擦洗孩子的身体，从头洗到脚，一边洗，一边仔细察看孩子的身体。在洗到胸口的时候，她看见孩子的胸口上有 7 颗小红痣，排列成北斗七星的形状；再洗到脚时，两只的脚面各有一个"已"字纹；耳朵上有 3 个孔漏。而洗下的黑泥在池水中化成一股股红的血色之水沉浸在了池底之中，染红了池底的岩石。女嬉洗完孩子，这孩子虽然比起一般人来有些黑，但是比起才生下来时的样子就白净多了，好看多了。她欣赏着孩子，左看右看，自语道："这孩子出生奇异，相貌也不凡，是个不凡的人物，将来一定会成就一番大事业，我得给孩子取一个世间最好的名字。"

给孩子取名是父亲的事情，可这孩子没有父亲，跟自己生活在一起，女嬉想，取名就只有自己给孩子取一个了。女嬉与鲧结婚多年，但自己一直没能为鲧生下一儿半女，生活得也郁郁寡欢。一日，她梦见自己生下了一个孩子，这孩子生下就会叫人，就会走路，感觉特别奇怪。自己这个怪梦也不好向外人说，只藏在了心里。现在得了这孩子，与自己几天前梦中所见的神人一模一样，长得方面、宽额、剑眉、星目、虎鼻、大口，一生下来3天就会说话，就会走路，也是个大个头，比一般的新生儿高出好几个头来，足有三四岁孩子的大小来。在梦中有人叫那个孩子禹，她想，那我也就叫他禹吧，他的个头比一般的孩子都要高大得多，那我就叫他大禹吧。于是，她走到哪里，都叫孩子大禹。周围的人问她给孩子取名叫大禹是啥子意思，她只是笑而不答，不好意思把取名的来由说出，只说大禹这名好听。

比武显能　大禹当上孩子王

大禹出生奇特，石纽山的孩子们都不敢与他玩耍。禹就一直跟在女嬉的身边，他不怕冷，不怕热，不怕风吹，不怕雨淋，女嬉参加劳动也带着大禹。大禹是个过目不忘的孩子，学什么都是一学就会。他跟随女嬉一起参加劳动，跟大人们的接触时间就多了起来，从大人们的身上也学到了许多的知识。有时，也和寨子里的孩子背着女嬉下河游泳，爬树去掏鸟蛋，有的时候上山采野果子吃，有的时候干脆就在野外疯跑，整天玩得满身泥土，浑身流汗。

一天，村寨里的孩子们正在水边游泳，大禹也背着女嬉来到了水边看他们游泳。忽然有人提议，说是要比赛游泳，谁最先游到对岸，就推举做孩子王。这提议立即得到了大家的响应，都拍手叫好。于是大家在水边排好队，一声令下后，大家都拼命地游向对岸。大禹见几十人在水中你追我赶地向前，游动溅起的水花让禹心生欢喜。"扑通"一声，大禹也跳进了水里，噼里啪啦，噼里啪啦，像一条鱼翻动着浪花飞快地向对岸游过去，不久，他就超过了所有的人。在水里的孩子们都不知大禹下水参加了比赛，当最先到达对岸的举臂高呼时，见大禹满头湿发站在他面前，一下停止了高呼的声音。

当所有的人陆续地到达了河岸后，大禹问："你们刚才说的话还算不算数？我是你们的大王，你们服不服？"几十个人面面相觑。有几个嘀咕道，一个不满三岁的孩子要当王，心中有所不服气。便说道："光比赛游泳还不行。"也有的说："还要比赛爬树。"还有的说道："要比赛摔跤，比赛拿大石头……"人们七嘴八舌地嚷着。

大禹身材高大，力气也很大。大家想了想，认为他不会很灵活，爬树是赢他最好的方式了，商量后决定先进行爬树比赛。"猴登儿"是全寨小孩中最擅长爬树的，他说："村后山崖上的大杨树上有窝喜鹊，咱们就比赛爬树掏喜鹊蛋行不行？"大伙一致同意，齐声说："好，就比爬树掏喜鹊蛋。"

他们来到了村后的悬崖边，见一棵老树将树干伸出山崖。当人们来到树前，低头再往眼前的脚下望去，不禁吸了口凉气。原来大树就生长在悬崖边上，树下是万丈深渊，爬上树之后，万一掉下来就将跌得粉身碎骨。但是在众人的呼声中，两人从树下一起开始向上爬。"猴登儿"果然是个爬树的高手，快速地向上，禹虽然身材高大，看着笨，可爬起树来也毫不差劲，与"猴登儿"不相上下，俩人在树上你追我赶，快到树顶的鸟窝时，"猴登儿"心急，伸手去抓鸟窝，可脚下打滑，身体脱离了树。就在刹那间，禹伸出左手，一把抓住了"猴登儿"的手臂，"猴登儿"的身体悬挂在了悬崖上，险些滑落了下去，吓得"猴登儿"大叫起来。大禹慢慢地将"猴登儿"荡回树里，"猴登儿"双脚夹住树干，慢慢地回到树上。要不是大禹手快，"猴登儿"今天就没命了，大家都吓得不敢出大气，这次爬树承认大禹赢了。

可一个身材高大、名叫大熊的人又不服，说要与大禹比举石碌子。他们一起来到晒场上，一个大石碌子蹲在地上。大熊走到石碌子的跟前，用双手掰住两头，双腿站成骑马蹲裆式，运足了劲，用力搬，石磙子只抬起了一头，另一头仍然没离开地面。于是大熊改变了姿势，将石磙子先竖起来，立在了地上，再重新呈骑马蹲裆式，双手把石磙子抱在胸前，一较劲，喊了一声"起"。把石磙子抱在怀里站了起来。大伙齐声叫"好样的""好样的""大熊真行"，大熊得意扬扬，抱着石磙子又走了两步，才放到了地上。他累得满脸通红，大口地喘着粗气，得意地看着大禹说："大禹，你能吗？"

孩子们又叫："大禹来呀，大禹你来呀。"

大禹迈步上前，走到了石磙子跟前，也学着大熊的样子，站成骑马蹲裆步，双手分别扣住石磙子两头的磙窝，使上劲，双臂一使力，喊了一声"起"，把200多斤重的石磙子稳稳当当地举过了头顶，然后站直了身体。大禹还嫌不够劲，又举着石头磙子绕着打谷场走了一圈，才把石磙子稳稳地放到了地上，气不长出、面不改色地停了下来，轻轻地掸了掸袖口上的尘土。

孩子们都被镇住了，一个个瞪大了眼睛，张大了嘴，过了好半天才叫起好来："大禹真厉害，大禹真厉害。"

叫好声过后，大禹又向大伙追问："还有谁要比别的吗？"大伙你看看我，我看看你，都不出声。

这时又跳出来一个坏小子叫道："我不服气，你打赢了我们所有人，我们才服你，你才是我们的孩子王。"大家再一次面面相觑，"我们大家一起上。"大家听了坏小子这样一说，就立即跟着附和道："对，打赢了我们才服你。"于是大家里三层外三层地围着大禹。坏小子身高臂长，一个"直拳"向大禹的脸上打了过来。大禹本来不想打架，见这拳打过来，在拳头离脸还差一手拳远近的时候，将身体向旁边一侧，让过了拳头。那坏小子一拳打空，身体失去重心，往前一扑，摔向了大禹的身旁，摔了一个大马趴。其他几个身材高大的也向大禹扑了过来，禹抓起坏小子的身体，飞旋起来，扑上来的孩子们都被撞倒在地，其他的孩子见了，第一批人全部被打倒，再没有人敢上前了。大禹几下就治服了想打群架的伙伴们。

通过比拼，孩子们被征服，个个心服口服。大禹当上了孩子王。

深山巧遇　大禹拜仙师学艺

大禹和女嬉二人生活在石纽村，大禹渐渐长大，对母亲也十分体贴，身材高大的大禹七八岁之时就开始帮母亲女嬉做事，他常主动帮助母亲上山砍柴，下河挑水。

一日，大禹上山砍柴，转过山坳，突然听到一声虎啸，紧接着一阵狂风吹过，大禹向虎吼的方向望去。只见树丛中跑来一个白胡子老人，身后紧跟着一只斑斓猛虎，眼看虎就要追上老人了。大禹虽还是个孩子，但一身正气，明知斗不过老虎，仍然挺身而出，几步跑到老人前，用身体挡住老虎的来路，把白胡子老人护在了身后，高高地举起砍刀，与老虎拉开了搏斗的阵势。

那只老虎见突如其来的大禹高高地举起砍柴刀，拉开了搏斗的架势，顿时不知所措，停下了追赶，瞪圆了双眼。这时白胡子老人转回身，走了回来，冲着斑斓猛虎摆手，那只猛虎转身跑回了森林中。

这个戏剧般的场景，真让大禹摸不着头脑。于是他也慢慢地收起了架势，回过头来重新打量起这个白胡子老人来。只见这老人身形修长，满头银发，三绺银须飘至胸前。鹤发童颜，二目深邃，头挽发髻，身穿葛衣，脚穿麻鞋，手中拿着一柄尘拂，潇潇洒洒，飘飘欲仙，显得不一般的超凡脱俗。

白胡子老人见大禹身穿青布长衫，头挽髻，神情灵动，英气勃勃，就微笑着称赞道："小小孩童，见义勇为，不顾个人安危，敢虎口救人，不简单，了不起呀。"

问道："小英雄，叫什么名字，几岁了，家在哪里住?"大禹认真地给老人回答。

老人又问道："大禹，你读过书吗？"大禹回答道："我没上过学，没有读过书，认识的字都是我母亲教给我的，家中只有我和母亲呢。"老人问，大禹回答，大禹每一个问题都回答得句句真切，字字清晰。白胡子老人觉得这孩子天生慧质，是一个可教之材。于是，白胡子老人说道："我周游天下，四海为家。现在就住在山后的石洞中，整天没事，弹弹琴，读读书，写写字。"只见白胡子老人盘腿坐下，从袖口取出一琴，放在两腿上，拂袖拨弦，一曲优美的曲子从指间流出，听得大禹如痴如醉。之后，白胡子老人说："如不嫌弃，可与我一起到我山洞看看，你有时间来我山洞，我教你识字。"大禹听了老人的请求，说："母亲一人在家等呢，我今天就不来了，以后有机会我再来看你。"大禹辞别白胡子老人，背上柴回家。回到家，大禹就把今天遇到的事情一五一十原原本本地说给了母亲听。母亲听后觉得这位老人不一般，能使唤老虎，敢肯定是一位神人、一位贤人。

鲧隐居在石纽山上，鲧读书耕田，时间一长，女嬉也从鲧处学会了一些字。她把自己学来的都教了大禹，现正为教儿子读书识字发愁、着急呢。听大禹这么一说，女嬉心里有了主意，要带大禹去拜师学艺。

第二天一大早，女嬉收拾好鲧留下的书，要和大禹上山来寻大师圣贤。她俩爬上前山，转过山坳，向后山走去。沿着一条小路埋头快走，在太阳快要落坡，女嬉也快要走不动的时候，听到一声虎啸，把两人沉默地行走给打断了。抬头一看，两人已来到了路的尽头，一处断崖前。虎声响亮，但这声音已没有了大禹当初听见时那样凶猛，好像是在提醒主人，有人来造访一般。虎声过后，白胡子老人正从洞门口探出头来，看见大禹来了，一摆手虎摇着尾巴，走到了老人的身后。

母子二人见到白胡子老人，忙向前行礼。老人将二人请进山洞。

走进山洞一看，山洞里还算宽敞，一张石床，一条石凳，一张琴，一把剑，别无他物。

大禹问道："老伯，您会一直就在这里住吗？"白胡子老人说道："我云游天下，四海为家，前几天路过这里，看见这里清静，便住了下来。"

大禹问道："那您还要走吗？"

"说不准，这要看缘分，我云游天下，就是要寻找一位少年英才，把我毕生所学的知识传授给他。"

女嬉向老人说明了来意，要老人收下大禹做学生。老人听了女嬉的请求，说道："孺子与我有缘再次相遇，而且你们是专程来拜师的，那我就收下孩子。我教他3个月，3个月过后，你再来此接走孩子吧。"

大禹立即跪在地上恭恭敬敬地给白胡子老人磕头拜师。

女嬉见这老人雪白的胡须飘洒在胸前，慈眉善目、鹤发童颜、仙风道骨、超凡脱俗的样子，绝非寻常之人，就把孩子交给老人了。

从此以后的3个月，大禹跟白胡子老人一边读书，一边健身。

梦游月宫　禹知鲧事誓治水

大禹在白胡子老人教导下读书、健身，晨起夕息，奋发努力。一日，白胡子老人带着大禹和老虎外出游山。白胡子老人驾起浮云而去，斑斓猛虎撒开四蹄紧随其后。大禹见二位向西而去，也只好撒腿开跑，一路上，为了不被落下太远，大禹跑得十分的累，也不敢停下休息一下。午后，他们来到一处幽静的山沟，一座高山矗立，一条小溪从山崖处跌落而下，飞溅起无数水珠，一道缤纷的水帘挂在眼前。翻过高山，眼前一片平静的水面，一条木船停在水边。白胡子老人转身问大禹，我们往前，是坐船还是走路。大禹一路跟跑，累得够呛，他想，坐船快些，坐船好，但水面除了蓝蓝的静水外，没有别的事物。"老师，可是哪里有船可坐呢？"白胡子老人把尘拂一挥，但见一小山后驶来一只彩船。彩船长约2丈，船两边密排白羽，白羽上下翻动，有一股云气涌动而出，极其华贵。白胡子老人登上船，斑斓猛虎也跳了进去，大禹也赶紧登船。禹走进了彩船，只见里面陈设十分精致。大禹坐下之后，舒服至极，船自动向前行，他依舷四望，不一会儿就睡着了，进入了梦乡之中。在梦中，感觉彩船渐渐升高，眼前的山水渐缩渐小，如轮，如盘，如镜，如豆，一会儿就不见了。一轮明月迎来，逐渐大起来，竟无可比喻，光芒直射。又过了一会儿，彩船进入了明月之中。彩船在月光中前行，所见山川树木人物都与世间无异，只有隐在其间的宫殿气象华丽，透出一股神秘，非世间所能及。大禹自己走了过去，但见琼楼玉宇，说不尽的繁华富丽，处处笙歌，户户弦管，有几处树荫之下，竟有无数女子在那里且歌且舞。禹自己不喜这样一种轻歌曼舞的生活，心中暗想，天上的神仙真是空闲，真会享乐。正在想时，只听见路旁又有一阵女子喧笑之声，回头一看，原来一所大宫殿内走出一队女子来，衣着红、黄、青、白、黑5种颜色，仿佛5队兵一般。每队当先的一个仙子，大约是公主，其余后面簇拥的，大约是婢女之类。那为首的5个仙子，姗姗前进，一面走，一面笑，一面说道："今朝大人请大禹公子来，我们迎接来迟，敬请大禹原谅。"并向大禹行礼道："公子，好久不见了，向来好吗？"大禹慌忙还礼。一个声音说道："我来介绍，这5位是月中五帝夫人，这位是青帝夫人、赤帝夫人、白帝夫人、黑帝夫人、黄帝夫人。"禹听了，一一行礼。

大禹来到一处宫殿处，只见白胡子老人——自己的老师坐一把太椅上，双目紧闭，便上前行礼道："老师好！"老人慢慢睁开眼睛，手指旁边的椅子说："请坐。"随手挥了挥手中的拂尘，见四方的众人都一个个退了下去。老人说，今天带你来此，一是让你看看月宫中的生活，二来是想告诉你一件重要的事，那就是你的过去和将来。白胡子老人把鲧治水的前后之事一一讲给大禹。大禹听后，觉得自己的父亲是一位为了天下百姓而死的英雄，心中便对这个从未见面的父亲肃然起敬。老人接着又说道："大禹呀，你来到这个世界上不易呀，你是被剖开肚子才出生的，但你聪明，能干，有超凡的能力，要为天下做些事情。现在这世间到处在发洪水，你父亲为了治理洪水，献出了宝贵的生命，也没能把洪水治理好。你回到世间后，你要完成你父亲没能完成的治水事业，为你母亲及天下众人谋幸福呀……"老人挥了挥手中的拂尘，走出两位大汉，一位手提一把宝剑，一位肩扛一把大斧。"我有两样东西送给你，也许你日后治水能够用上。"老人说："宝剑叫避邪剑，斧头叫开山斧。"大禹接过这两样东西，这宝剑和斧头不大，感觉十分的沉重。老人把拂尘向大禹轻轻甩去，突然那沉重的斧头和宝剑一下子就变轻了。

随后，大禹走出了宫殿。自己再登上月船，转过小弯，听见远处传来斧凿之声，铮铮震耳。依舷寻觅，只见一处，众人正忙个不停，有的开石，有的抬土，有的扛木，忙碌之至。随行的人对大禹说，"月亮是光的宝合，反射着太阳光，每时受太阳的照射，不免有所损伤，月亮中常有十万八千户的人居住，他们随时随地都在为之修补，此地就是一处修补处。"大禹只看，不说话，随着月船，在月宫中穿行。

在一处山前，大禹又见到了白胡子老人，大禹准备上前问话，但只见拂尘在自己的面前一划，一句话也没说，老人驾云而去。"咚"的一声大响，眼前的一切消失了，大禹一下从梦中醒来，见自己已站在了石纽山上。

石纽山下，仍是洪水滔滔，乡亲们还受洪水的威胁，想起白胡子老人的话，大禹心中立下誓言，要为天下百姓治理洪灾，造福百姓。

兴风作浪　避邪剑威力无比

在大禹外出求学的3个月中，岷山一带的水患、水怪不断出现，这些水怪各霸一方，村寨中的许多人畜被遭伤害。

听寨中人讲，在一个碧空万里的午后，忠保老人来到蚕陵山洪湖之上的山坡放牛，他坐在高处一大石上晒着太阳，目光注视着自己的两头牛，生怕那头不知天高地厚而又生龙活虎的小牛犊跑进了洪湖之中。突然狂风四起，湖面波浪翻滚，浪涌堤岸，一头怪物从水中升起，身如雕，头长角，发出一种婴儿一样的啼哭声。两头牛吓得立马向老人方向跑来。那怪物飞到大母牛头顶，伸出鹰的长爪，抓住母牛的脖子，像抓一只小鸡样轻松地提了起来。转身飞回洪湖的中央，消失在了水中。这一切发生得十分的突然，吓得老人目瞪口呆，魂不守舍。他顾不得小牛到处乱跑，自顾回家。他把发生的事，讲给村寨中的寨首，要他组织人去斩了那怪物，可没有人有胆量前去。老人吓得不轻，在家中一病不起，不久就离开了人世。

听母亲女嬉讲，在石纽山雪花潭的地方，也有一种怪物出现，身体像蛇一样，长达数丈，头如马面，尾如鱼鳍，又长又大。白天夜晚，不时地出现，站在水岸边，勾取岸上的人、牛、马等，拉入水中。猴登儿，你最要好的朋友，也被那蛇精给勾了去。大禹听了十分的伤心，他决定要去会会那怪物。大禹背起白胡子老人送给他的斧头，提起那把避邪剑，在雪花潭守候了几天也不见那怪物现身。一天，大禹自己只背着大斧头来守候勾蛇这怪物，把避邪剑交给皋陶带着。不知是因为没有避邪剑发出的灵气，还是在水中闷得太久需要出来透透气，那怪物这天在太阳西下之时出来兴风作浪。大禹见状，反手取下身上的大斧劈向勾蛇。那怪物身体轻柔，左右躲闪，大禹使出了浑身的力量也没能把勾蛇这怪物伤着一根毛发。怪物见对自己没有什么伤害，就与大禹对峙了起来。随从皋陶也是个不怕事的人，他挥着避邪剑加入了战斗之中，可那剑闪着蓝光，就是伤不着那水怪。避邪剑，大禹心中一闪，立即丢下大斧，夺过皋陶手上的避邪剑。那避邪剑一到大禹之手，立即现出巨大的力量，一道亮光从剑身发出，光芒四射，照亮了整个水面，无数的光芒射向蛇精，把蛇精包裹起来。蛇精在光芒的中心左右狂突，但最终也没能冲破那光芒的束缚。这时大禹右手拾起大斧，向蛇精挥去。只见那大大的马面头在水中打转，突然向大禹扑来，大禹丢下大斧头，双手握住避邪剑，猛力刺向那血盆大口。那马面大口刚咬住剑，一道更强的光芒射出，一声巨响后，那马面头被炸得四处飞溅，鲜红的血洒向水面。蛇精被大禹杀死在了湖上，那洒落的血如桃花荡在了平静的水面上，久久不能散去。

涂山导水　女娇大禹定姻缘

石纽山对面北侧的涂禹山，生活着涂山氏的部落。女娇出生于涂山氏家，流年似水，不知不觉女娇已长成 18 岁的妙龄少女，她衣着素雅，淡描蛾眉，不曾浓妆艳抹，也是袅袅婷婷，给人一种清新淡雅之美。女娇不仅姿色出众，又能歌善舞，乃为涂山王的掌上明珠。

一天，大禹登上涂禹山去察看水路，路过涂山氏门前，一只猎犬汪汪大叫向他冲来。女娇听闻狗叫声，立即从屋内出来唤狗。大禹见一女子从屋里出来，便停下脚步问道："姑娘叫什么名字。"女娇见身材高大的男子与他问话，不觉脸上泛起了红晕，忙说道："我是涂山氏之女，叫女娇。"大禹问道："家父可在家，有事与之一谈。"女娇说，正在屋后休息，然后把大禹请进了屋子。涂山氏听说鲧之子大禹造访，便出来与之相见。大禹见涂山氏走出厅堂，上前行礼。随后，就与涂山氏说起了今天查看水路的情况。大禹说，你涂山下的锄头寨挡住了漆水的流动，要涂山侯动员锄头寨人搬家，以便凿山导江。而锄头寨是涂山最富美之地，自己在那还有行宫。涂山氏听了，旧恨新仇一齐涌上心头，怎么可能迁移呢。涂山氏为何有如此大的恨在心中？原来是大禹父鲧治水时，广征天下民工，涂山部落的男丁全部被征调去治水，且无一生还，致使涂山部落人丁不兴。加之因围堵洪水不成，决堤，造成涂山更多地方受灾。现在大禹又要叫他搬离这里，涂山侯仇怨齐发，下令将大禹捆绑了起来，并决定以烧死大禹来祭祀涂山死去的人们，以解心头之恨。

一堆熊熊的烈火已经点燃，这不仅是柴火燃烧的烈焰，更是涂山氏仇恨的烈火。而大禹不见畏惧，走向大火。女娇站在一旁看见父亲的举动，知道父亲说一不二。见大禹因自己请进家门而受死，吓得直冒汗。不自觉地"扑通"一声跪在父亲的面前，为大禹求情："父亲，你应以天下百姓为重，大禹要你迁寨，是为了导水出山，为了你更多的臣民不再受苦，不要以一时之气，害死治水英雄而成千古罪人啊！再说，烧死大禹，可免我涂山部落年年水灾、灭族之灾吗。"此时的涂山侯哪里还能听得进规劝，愤怒地说："除非天降暴雨将这大火浇灭，助他不死。"接着大喝一声："武士们，给我将大禹扔进火堆！"女娇求父亲无望，转身跑上屋顶向天祷告："天神啊，快降大雨吧，浇灭这仇恨的火焰！"说来也怪，刚才还是晴空万里，突然一声惊天动地的霹雳，接着就下起了倾盆大雨，瞬间将那熊熊大火浇灭了。涂山氏的人们见这一奇事发生，如大梦初醒，这是上天让我们不能杀大禹。女娇奔上前去，将禹扶起，紧紧地拥在怀中。看看女娇，看看大禹，沉思良久，涂山氏转而对禹说："既是天意，也就罢了。"女娇抱着大禹之时，禹感觉到无比的舒心、幸福，不自觉地躺在了女娇的怀里。见自己的女儿抱着大禹，显得如此的美好、温馨，就对女娇说，你一个姑娘，抱着这么一个男人，这成何体统？女娇听了，脸一下通红了起来，放手正要离开。大禹突然抓住女娇的手不放。涂山氏见状，大声吼道，"大禹你想干啥，放了我女儿。"大禹站起身来，向女娇说："你是一个善良的姑娘，我很喜爱，我要娶你做我的妻子。"女娇早就听闻了大禹治理洪水的事迹，心中早已仰慕大禹，听了大禹这一说，心里十分的高兴，便深情地望着大禹。大禹牵着女娇的手，一同走向了涂山侯。大禹便向涂山氏提亲，要做他的女婿。涂山侯见大禹提亲，又见女儿有此心意，刚才自己大怒要烧死他，觉得此时答应，不是时候，便说道，你想娶我女儿，没那么容易，你如能在年内治理好你石纽山和我涂山的水患，我就答应将女儿嫁给你。

"大人可要说话算数，年内我治好水患，你定要将女儿嫁给我。"大禹说道，转身走出了涂山氏的家。

大禹走出家门，女娇紧盯着大禹远去的身影，大禹都走出了自己的视线，女娇久久都没有收回远望的目光。

虔诚祈祷　云云鞋显灵助禹

　　大禹带着随从离开了涂禹山，开始全面考察岷水的洪灾水患原因。他从涂山侯家中出来，顾不得回石纽山一趟，就沿着水路一路西行，走了十天半月了才考察到九龙山下。由于九龙山地形复杂，一时还不知从哪一沟做起，内心有些烦躁。而在涂山的女娇，自从与大禹定下姻缘后，心里十分的欣喜，同时也为自己的未来夫君担忧。3个月要治理好岷山的水患，大禹的父亲那样一位聪慧之人，都没办法治理好天下的水患，大禹真的有法吗？女娇在家中茶不思饭不想，每天晨夕向上天祈祷，想大禹离开时的身影。这一想，她发现大禹走出家门时，双脚有一些蹒跚，但不是很显眼，想这一定是他治理水患，走的路太多的原因吧。她想，大禹每天治水走很多的路，自己在家不能为大禹帮忙，只好为他做双鞋子。女娇坐在窗边，做一会儿，看一会儿，想一会儿。一天她心生奇想，要是自己的夫君大禹能像天上的白云那样，在空中飘来飘去的，一会儿东，一会儿西，那他察看水患不就可以少走弯路了吗。于是，她照着天上白云的样子，在新做的鞋子上绣起了云彩来。女娇有了这个想法后，她白天黑夜不停地做鞋绣鞋，一连做了好几双，好让大禹在治水时换着穿。做好了鞋子，在一个月明星稀的夜晚，她等家中所有人都睡下后，独自来到了屋顶，把一双双云云鞋摆在祭祀台前，一双双鞋子显得十分的漂亮。女娇沐浴烧香柏，祈祷上天赐予绣花鞋能像天上的白云一样自由地飞来飞去，帮助它们找到大禹。在女娇做完祈祷之后，她送鞋心切，穿起一双自己绣的鞋子试了试，这鞋果然具有了超凡的能力，能把自己飞起来，于是带上其余的鞋子，托着它们向西边飞去。

　　女娇一路西行，在羊愽岭下见到了自己天天想念的大禹。大禹走路显得比之前更加的蹒跚了，女娇立即把自己绣的鞋子拿出来要大禹穿上，说自己做的鞋子，除了好看，还会飞。大禹看看女娇，一眼的不信。大禹穿起女娇做的绣花鞋，感觉一身的轻松，大禹轻轻一跳就飞了起来。有了会飞的云云鞋，大禹很是高兴，自己治水就会少走不少弯路，减去不少痛苦。他一把抓住了女娇的手，大声说："女娇姑娘，你是神仙呀，你给我做了会飞的鞋，有了它，我一定会在年内把岷山的水患治好，到时一定前来涂山娶你做我的新娘。"女娇听了大禹的话，一朵羞涩的彩虹爬上了脸庞。

女娇回到涂山，把自己做出会飞的绣花鞋的事告诉了父亲，涂山侯就开始发动涂山所有的女人为治水的男人们做绣花鞋。可是，涂山女人们做出的绣花鞋没有一双有飞的能力。因为女娇泄漏了天机，自己做的绣花鞋也没有了飞的力量。女人们所做的鞋子就只好自己穿了，穿起自己做的绣花鞋，显得很是好看，从此女人们就为自己做绣花鞋穿了。

涂山会盟　大禹讲述治水法

大禹穿起绣花鞋，在岷山的高空飞来飞去，他沿岷山的每一道山脉察看，飞过了摩天岭，来到雪宝鼎，飞过九鼎山，来到三奥雪山，飞过四姑娘山，来到青城山……一路察看水患，绘制水图，找寻洪灾原因。每一处水患不是被山阻挡，就是被巨大的泥石流壅塞，共有几十处之多。

大禹查清了水灾的实情，回到了石纽山来看望了自己的母亲女嬉，并把与涂山联姻的事告诉了母亲，说女娇是一个十分聪慧的姑娘，一定要娶女娇做妻子。女嬉听了十分的欣喜，并要大禹带她到涂山看望一下未来的儿媳和家人。第二天，大禹准备好山果、野物肉，同母亲一起来涂山看望女娇和涂山侯。二人来到涂山庄房，在宽大的堂屋里与女娇及父母会面，呈上了礼物，说明了来意后，二人又急忙赶回了石纽山。女娇，一个亭亭玉立的姑娘，不仅美丽大方，而且对待人接物很有礼数，女嬉心里也是十分地满意。

几位家长里短地谈了一会儿后，这个性情直爽的涂山侯突然问大禹，"你治水已近半年了，治理得怎样，治好了几处水患，说来听听。"大禹说："现在还没有一处治理好，只是查清了岷山有近百处大小不同水患。要治好这些水患，光靠我们部落的一己之力是不行的，需要岷山各部落的共同努力来疏通水道，排水入海。我要治理好整座岷山水患，也需要你的帮助。""你彻底治理好水灾，这可能吗？"涂山侯看了看大禹，又看了看女娇说："是你自己答应了，治好水灾。是你自己治理水灾，娶我女儿呢。现在要大家来帮你，还要求我帮助你，这可能吗？你这个不守诺言的家伙，休想！"见涂山侯有些不高兴，女嬉说："涂山侯爷，不要生气，大禹要你帮忙，不只是治好你我两地的水灾，他是要治好整个岷山的水灾。"女娇听了父亲的话也有些激动，走向涂山侯，从后背抱着父亲的脖子说："父亲大人，你就帮帮忙嘛，看在女儿的份上，你就帮帮忙嘛。"女娇在父亲前一撒娇，涂山氏改变了口气说："那要看他让我怎样帮他了。"大禹忙说道："这个忙也不难，就是要你以涂山侯的名义召集岷山各部落的侯爷来我石纽山共商治水之事。"涂山氏听了，沉默了一会儿说，"我召集大家商议治水谈事，怎么要到你石纽山谈。这可不对，在我涂山商议才好呀。"大禹说："谢大人帮忙，在哪儿商议都行。"

一月后，蚕虫氏、昆仑氏、白狗氏、牦牛氏、白狼氏、白马氏、春桑氏、婢药氏等大小部落都来到涂山，参加涂山氏召集商议治理岷山水灾之事。涂山之会由涂山氏主持，由大禹陈述具体方案。涂山氏说："现在各地都受到大的水灾，各部落都生存困难，自己地方发生的水灾各自来治理，你那儿治了又影响到我这儿，或他那儿，各部落间也纷争不断。现在大禹提出来要治理整个岷山水患，这是一件大事，治得好不好，要看大禹的想法和各自的行动了。"大禹把自己近一月考察岷山水系的情况进行了说明，并把岷山中看见的一处一处水灾情况详细地说给了各位侯爷听，并向大家呈上了岷山的水路图。大禹正要分析自己父亲鲧没能治理好水灾的原因，这时有侯爷问大禹："你要怎样治水了，你父亲治了9年都没有治好，你是不是靠年轻气盛来做事？"大禹说："以前把水围起来，水在不停地增加，人们也要不停地围堰，有时堰没有筑好，溃堤了，水直流而下，毁坏力更大，我们遭受的灾难更大、更多。这是治水的方法不对。我的主张是，治水应顺水的特性，水是自由流动的，它流动是向下的，我们应将它一步步导向低处，最终导向大海。把水路疏通了，水能自由流动了，水灾也就会减少了。其要领就是'凿山通道，疏通水路'，如此而已。"正在这时，岷山庄王站了起来，说："巍巍高山，茫茫大地，我们如何凿开大山，如何梳理沟谷？凿山疏沟哪来那么多人呢？人们除了治水也还得生活呀。""人力不足，这是我要涂山侯爷召集大家商议治水的原因。要得到各部落的大力支持呀。"大禹再把边治水边生产的想法细细地向各位部落侯爷说了一遍。在场的各位听了，无不觉得可行，就举大禹为治水首领，要大禹带领各部落的人们来治理水灾。

女娇被劫　大禹疏导涂山湖

涂山之会后，各部落的侯爷都回各自的部落，为治理洪水组织人员和物资。大禹继续留在了涂山与涂山侯商议威胁着涂山寨及侯爷庄房安全的堰塞湖水。这涂山堰塞湖水正在涂山寨的顶上，因一次地震而形成了不太大的高山堰塞湖数个。30 年前，涂山堰塞湖出口处的山体再次垮塌，加宽加高的堰塞湖水的壅塞体，涂山的堰塞湖变得比之前大好几十倍，而且发生过一次决堤。但这一次决堤，比较小，没有造成大的损失。然而这一把洪水之剑，一直悬在涂山寨的头顶之上，不知何时会爆发。

在几十年里，在这个湖上，发生了好几起不可思议的事，有人家的牛羊被水中的猴头蛇身的怪物捉去，这是村内放牛的老人亲眼看见的。在太阳照晒的午后，牛羊被晒得干渴难忍，就一个个下到水边来喝水。突然，平静的湖面窜起一个大波浪，随着水柱，一只猴头蛇身的水猴跳上岸，捉住牛羊就向水中拖。老人大声喊叫，捡起石头向水猴打去。这怪物水猴并不怕人，还向老人裂牙怒吼，吓得其他的动物都撒腿就跑。这种怪事，不止发生过一次，每隔数月就发生一次，先后叼走了2头牛、5只羊。上山砍柴的傻三也消失在了这一带，不知是不是被水猴给劫走了，整个涂山都笼罩着一股不祥的气息。

大禹在他处开山导洪水获得成功，涂山侯对大禹这个未来的女婿也变得十分满意，不再阻止女儿女娇与大禹的交往。在涂山之会的第三天，在大禹与涂山侯商议的第二天，女娇与大禹再次来到涂山查看地形和水路。这次涂山堰塞湖考察，大禹就带上女娇与大将喜宏等人一同前去考察，准备再次商议开山导湖的水路。

大禹派喜宏等人前去察看山势与水域，二人沿着大路边走边一路说着新近发生的事。午后3点左右，大家查清了山势与水域情况，在湖的南边有一处较低的山头，其后是一处无人居牧的陡山坡，这陡峭山坡直通谷底。大禹说，从此处开山导水为最佳之地。众人也只听大禹的，也不想为什么是最佳处，只是说好，听你指挥。确定了最佳的路线之后，众人坐下来休息。大禹和女娇二人再沿湖边走边说，来到一处四方大石处，二人停下来，相依坐在湖边的这个方形大石头上。女娇讲着父亲涂山侯的英雄故事，大禹只是听着，两人就这样相依晒着太阳。暖暖的阳光晒得人十分地惬意，听着，听着，大禹就睡着了。女娇发现大禹睡了，也不再说话，不一会儿也进入了梦乡。

突然，湖面狂风四起，水波荡漾，怪物水猴从水中升起来，环视四周，不见山坡有牛羊，只见水边的大石头上坐着两个人，一个高大黝黑的男子，一个娇小白净女子。高大黝黑的男子旁边放着一把宝剑，透出一股寒气。怪物水猴飞到大石上，突然伸出长长的尾巴，把女娇卷捆起，拖上高空。女娇被这突如其来的事吓得大声尖叫了起来，救命、救命。大禹被叫声惊醒，一看，女娇被水猴拖上湖面高空，抓起身旁的避邪剑，口吟咒语，一道寒光射向水面。那怪物水猴立即惨叫一声，放开女娇，向西飞去，逃出了涂山堰塞湖。女娇摔入水中，大禹飞身潜入水中，将女娇救上了岸来。女娇全身湿透，吓得全身发抖，面无血色，一直依在大禹的胸怀中。大禹一手抱着女娇，一手轻抚着女娇的后背，安抚着女娇。大禹把女娇带到山崖下的岩窝，并派手下的人打来野物，摘来山果。大禹亲自给女娇煮肉熬汤，喂食水果，精心照顾女娇。得到精心照顾的女娇，身体和精神渐渐好转起来。一周后，大禹带众人回到了涂山寨。

回到涂山，大禹将再次查看涂山的情况和导湖治水患的想法讲给涂山侯听。涂山侯听后，觉得开山导湖入岷水有些不可行，这工程量太大了，涂山的人也不多，实施起来不太易。涂山侯就问："这湖水现有出水口，为什么不在这儿开口导水，而要去挖那座小山，你这是哪般想法？""从现在的出水口进行导水，一是运土石很是困难，二是土石运走，现水口就会就能成泄洪口，在水的冲击下，其口会越来越大。堰塞口如决堤，这排水沟两旁都是涂山氏的田地，会被全部冲毁的，没有了田地，涂山以后的生存就成了大问题。为了减少工程量，从南面挖山导水，看似最难，其实是最有效的方案。"众人想象得到决堤后涂山被冲毁的状况，但想不通在南面开山导水是最佳方案的说法。大禹也不再给众人解释，只是要涂山侯组织众人参与治水，大家要团结一心，勇战困难。

大禹带领众人治好洪水，在岷山之地有了一定的威望，得到了更多人的信任。涂山侯也想不通其说法，听其他人同意开山导水之说后，也不好再说什么，只好组织涂山氏的民众，并以涂山侯的名请其他部落人先帮忙一起治理涂山堰塞湖洪患。

在大禹的指挥下，涂山侯带领数百民众，从湖的南面开出一道泄洪的水道。大禹使用开山大斧，将大山狂砍，众人翻土石入湖，这翻土石入湖的效率比运走快了10倍。土石入湖，水线上涨，通过两个月的辛劳工作，众人已把山削平到了水面。湖水从削平的山口处溢出，水夹着泥沙，越流越大，将之出水口冲得越来越低，滚滚湖水倾泻而下，把这一陡峭的山坡给冲出了数道大沟。几天之后，将涂山这个高山堰塞湖的洪水排尽，从南面导入峡谷的岷水之中，解除了涂山人民的心头大患，涂山的田地也保全了下来，涂山氏全族的人都十分的高兴。女娇对大禹更加喜爱，涂山氏家人对大禹这个后生也越来越喜欢。

紫坪导水　禹开山斧战夔牛

在治水大将皋陶的组织下，蚕虫氏、昆仑氏、白狗氏、岷山庄王、牦牛氏、白狼氏、白马氏、春桑氏、婢药氏等岷山 99 部落齐聚紫坪，开始岷山导江治水大业。

各部落人员行船或赶路，先后来到岷水出山的紫坪湖，众人都大吃一惊，这分不清哪里是河道，哪是山岭，只见到处茫茫一片洪水，一望无边，在更高的山岭上，百姓们都过着困苦的生活。大禹决定从这里开始治水。

前来治水的人就在紫坪湖的山丘山安营驻扎了下来，等待大禹的分工安排。根据前期的考察情况，大禹再一次组织人员对这一部分单独进行了再次详细考察。弄清了洪水湖形成是由泥沙淤塞而成，这淤塞的泥沙约有 20 里长。只有疏通了淤塞，这里的水患才能消失。于是大禹把治水工作分成两部分，开挖山石和运土石导江。

在一个风和日丽的午后，大禹在紫坪湖边选定一块平坝，带领所有前来治水的百姓举行祭祀活动。人们头戴斗笠，身披蓑衣，在大禹的带领下，众人手执木耒，举过头顶向上天祈祷。大禹挽起裤腿，来到淤塞处，"起"一声大吼，率先挖下导水的第一耒泥土。众人在大禹的身先士卒之下，受到鼓舞，众人一声跟进，"起"个个挥耒抛土，大干了起来。

正当人们干得热火朝天之时，震耳的"哞、哞"怪叫声起，接着一道寒光从洪湖的中心升向高空，紫坪上晴空万里的天空突然乌云滚滚，黑沉沉地压了下来，紧接着就是雷声夹着闪电，狂风裹着暴雨，泼向工地。那一道道闪电刺得人睁不开双眼，雷声震得人耳朵轰鸣，刹那间，暴雨浇得众人像个落汤鸡一样，洪湖的水猛地涨了起来，众人不得不撤离工地。头一天开工干活，就遇上了这等怪异的天气变化，众人都感觉不对，好像是有妖怪在这里作怪。

人们撤离了工地后，紫坪上空的乌云又很快地散开了，工地上便是雨过天晴，艳阳高照了。众人来到工地开始挖山石、运送土石时，天空又乌云密布，电闪雷鸣，暴雨如注，"哞、哞"的怪叫声又响在耳边。

众人都说，这一定是有妖孽在此作怪，要不然的话，这天气怎么这样忽晴忽雨。大禹一时搞不清情况，觉得有怪物在作怪，于是他安排数人查看情况，寻找怪物。

当众人开始开山运土时，那震耳的声音又起，天空又黑云密布，观察怪物的人们都紧盯着自己的前方不敢有丝毫怠慢，大禹也环视着四周。只见一道亮光从水中升起，向四周发出耀眼的光芒，这道强光晃得众人睁不开眼，像被针刺了一样，个个疼痛难忍，双眼直流眼泪。大禹紧闭双眼，向洪湖水面的怪物迎了上去，举起手中的避邪剑，猛力砍去，只听得"哐、哐"的声响在水面响起。一阵激战，大禹使出浑身的力气挥砍着那强光，也没伤到对方一丝一毫，暴雨裹着强光，肆虐着众人。避邪剑这次没有发出它那强大的能量，大禹杀不过对手，回身来到岸边，超起开山斧向水面挥去，一道寒光飞射水面，两光相会，立即扭成一光柱，在水面不停地旋转。

在雨中，大禹举剑对峙，也不见对手败阵下来，累得全身冒汗，身体有些晃动。众人来到大禹的身后，抱团相助。大禹有了众人的阳气相助，一手执剑，一手与众人相牵运起太极神功来，开山斧发出的寒光越来越强，那怪物的光渐渐地变暗了下来。只听得"嗷"的一声长叫，见一道暗影向高空飞升，在空中变成一团黑物摔向山峦间。

皋陶立即带人前去查看情况，不久众人抬回一团黑物回来。大禹用开山斧连砍数斧，把这怪物砍死，才显一个真身——一头夔牛与众人相见。众人见怪物显露真身，个个欢呼雀跃。

皋陶命手下的人把这夔牛的皮剥下来，把肉拿去让众人煮吃了，众人吃夔牛肉之时都向大禹庆功。第二天，大禹让皮匠蒙格拉用这夔牛皮蒙一面大鼓。

鼓很快就给蒙好了，这是一个四方形的大鼓，立在了工地边，每天众人挖山开石、挑石运土之时都击响大鼓。这隆隆鼓声，声响百里，催人奋进，开山挖河的人们士气大振，疏通河道的工程进展得很是顺利，经过3个月，岷山最大的洪水湖紫坪湖水给疏导完了。

禹杀黑虫　一过家门而不入

大禹带领民众疏通了紫坪洪水，他治水的名誉被广为传说。岷山各部落的人听说了他治理紫坪洪水的事迹后，都对他十分的敬仰，受到洪水灾害的部落都派人前来恭请大禹帮助治理洪水。

大禹派出自己的得力大将皋陶前去指导治水。临行前，大禹单独与皋陶进行了一番交代，说："水为流动的自由物体，它向低处走，如用堵塞的方法来治理洪水，只能让洪水越积越多，其隐患也越来越大。治水，最为关键的是疏导，只有把堵塞洪水的土石运走，截取阻碍河道的弯角，疏通河道水路，来治理山谷的洪水。指导治水时，一要进行实地察看，掌握地形地貌，二要因地制订疏导方案，三要……"

皋陶和大禹就兵分两路，开始在岷山各处水患进行疏导治理。皋陶带领10余随从，与羊店的人来到洪水淤塞处开展治水工作。皋陶按大禹传授的治水方法，组织羊店的人们在洪水堵塞口挖山导水。有了紫坪导水的经验，羊店治水，大家听从指挥，皋陶带领大家导水较为顺利，就在工程进展到一半的时候，发生了一件意想不到的事情。许多八脚黑虫从水中爬出，静静地靠近治水的人们，爬上人的身体，咬破衣服和皮肤，吐出白色的液体。人只要粘上这液体，全身就开始溃烂。人们开始以为是被毒虫爬了，没有太在意。后来八脚黑虫越来越多，被咬的人也越来越多，皋陶请来当地的医生前来治病，可是请来了一个又一个医生都没有治好这病情，被咬得人病情越来越严重，有人为此失去生命。眼看治水的人一半多被虫咬，治水工程进度被迫减缓了下来。当地的医生不能治好这病，皋陶又派人前往他地请更高明的名医前来治病，可是时间过去了一个月，也没有找到医治这病的方法。失去生命的治水人也达到了几十人。

从水中还有不少的黑虫爬出，占据了导水的口岸，人们不敢再前去开挖土石。皋陶实在没法，就前去请教大禹。大禹听了，觉得这没什么大不了的，一些小虫就把皋陶给难着了，很是不高兴，还数落了皋陶一番之后，要皋陶用火烧的办法来杀黑虫。皋陶赶紧回到羊店，叫人在黑虫聚集的地方烧火，用火烧的方式来杀灭黑虫。这方法一实施，果然有效，黑虫烧的烧死，逃的逃走。当人们开挖土石、搬运土石之时，黑虫又静悄悄地爬了回来。这次，上岸的虫子攻击人更凶恶了，又有许多人被虫咬，身体开始溃烂，人们又被迫退回到岸上。实在没法，皋陶再次向大禹求助，请大禹前来治虫。

大禹听了皋陶的再次讲述，他觉得事情并非自己以前想象得那样简单，随皋陶连夜赶往羊店。大禹和皋陶一行路过石纽山，远远地看见有星星点点的灯光在山怀中闪亮。大禹见此情景停下了赶路的脚步，向家的方向久久远望。只听大禹自言自语地说，离家已一年有余了，不知母亲大人现在情况如何。皋陶听了，心里涌上一股酸味来，就对大禹说："今天我们就在此过夜吧？大人也可回家看望一下母亲大人。"大禹抬头向天空望了望，然后低下头对一行人说，你们一直跟随我，也一年多没回家了，大家都一心扑在治水患的事业上。现在羊店又出了这么一件怪事，还害死了不少人，事情紧急，不能再耽误时间了。

大禹放下身上的两件宝贝——开山斧和避邪剑，朝家的方向，向母亲大人鞠躬跪谢。众人见大禹跪谢，也赶紧向家的方向跪下。

做完跪谢之后，大禹一行人又在黑夜匆匆赶路。大禹来到羊店一看，心想哪有那么多虫烧不完杀不死的，觉得事有蹊跷，于是让人们再次烧火杀虫。大烧一烧起，这些黑虫就纷纷逃回了水中。大禹取下身上的避邪剑，双手紧握，运足力气，一剑挥向水中，只见一道寒光划开水面，在水中传来一阵啪啪的响声。随后，一道道血色浮上水面，湖面就渐渐地变为殷红，一只体型更大的八脚黑虫浮上水面。大禹把水中的大黑虫杀死了，再也没有黑虫从水中出来咬人。大禹让被黑虫咬伤的人们敷上带有烧死黑虫的泥土，那些溃烂的伤口渐渐地干疤好了起来。

大禹提亲　木姐送礼到涂山

　　大禹、皋陶等夜过石纽山，唤起了对亲人的思念。大禹也十分地想念自己的母亲，他知道自己长年累月在外治水，母亲一人生活在石纽山之地，白天一人上山采果，下地种田，夜晚一个人独守孤灯，没有一个人与她做伴，没有一人与她说话，显得十分孤独寂寞。

　　大禹将自己心中的想法讲给了随从，大家就要大禹回家看望母亲，要他即刻就动身回家，把治水的事务交给他们处理。大禹说：我怎能回家，各地水患那么严重，大家都要加紧干哦。我回家看望母亲一次也就几天时间，一年中母亲更多的时间是自己一个人度过，再说，这不是个好法子，按现在治水的情况，也不许我回家探望。治水老将木姐说，大人呀，你现在都快30的人了，也有了自己喜爱的人，何不如把她娶回家。人们常说，不孝有三，无后为大，你把自己的婚事拖延了这么多年，也应该找时间完成自己的婚姻大事了。你结了婚，你的爱人就长时间可与母亲大人一起生活，两人可相互帮助，也解去了你母亲寂寞孤独的生活。大家都认为这是一个好法子，大禹想想也觉得是一件一举两得的好事情。就说，我看这事还行，那就在今年的秋收后，我就带上聘礼，到涂山提亲成婚。

　　时间一天天过去了，转眼就过了秋收时节。人们劳动了一年，粮食都归仓，村各村寨都开始举行祭祀还愿活动了。在大家的提醒和催促之下，大禹回到了石纽村准备聘礼。老将木姐前往涂山侯家商定婚期和聘礼，与涂山侯谈得很顺，初定农历十月十六下聘礼，十八日娶亲。对于聘礼，涂山侯嫁女也提出了与别人不同的要求，一是聘礼女娇和父母的都要有，二是娶亲前要宴请女家的亲人，三是要备礼予女娇的长辈。

多年来，大禹在外治水，家中只有母亲一人耕种，虽然母亲女嬉知道要娶媳妇备聘礼，节衣缩食地生活，家中还是没有备下几样娶媳妇的聘礼。没有像样的聘礼，恐轻了涂山侯与女娇。如用一般的俗品，即使涂山侯家不计较，也与大禹的身份不符。大禹显得十分的无助，大家也都爱莫能助。

大禹成婚的事已传遍各方，人们都为大禹高兴。大禹和母亲也很高兴，但因聘礼的事，母亲女嬉、大禹、皋陶、木姐、喜宏等也为这事发愁。在皋陶、木姐、喜宏等带领手下，上山打猎的打猎，备柴的备柴，为大禹准备婚事所用的柴火和野物肉。木姐老将是一位打猎老手，但他年岁较大，现打猎不比从前能跑能跳了。木姐老将在山上跑了近一个小时，来到了黑波山，不知不觉就来到了曾捕获犀牛的滴水岩。他感觉有些累，实在跟不上其他人了，到溪沟边弯腰喝了几口冰凉的泉水后，坐在大石头上休息。不多久，他就昏昏地进入了梦乡，在梦中他还不忘大禹成婚的聘礼。在石纽山大禹家的火塘上，大家坐在一起为大禹像样的聘礼出主意想办法。有的说，向各部落借聘礼，等以后有了还礼；有的说，这聘礼应由各部落出，因为大禹多年为各部落治水，耽误了成家的大事情，这些聘礼应由大家来出。但大禹听后都说这样不妥当，不能因自己的事打扰了老百姓的生活。木姐对女嬉说，要是老天有眼，给为百姓治水的英雄，我们的大禹成婚送一些珍珠宝贝，那该多好，这是我们老百姓的愿望。突然，一叫声把木姐惊醒，他睁开眼，一眼就看见了一只白色的獐子，吊着长长的弯牙，木姐老将拿起弩弓奋力追了起来。那只白色的獐子，在前不紧不慢地跑，木姐在后面跑着追。白獐沿着一条小路跑进了黑波山的滴水岩洞，木姐心想，这一只獐子今天必定是我木姐的猎物。可追进洞时，白獐不见了，一位白胡子老人正驾云从洞口升上了天空。在滴水岩洞的左边石台上，有些东西在闪闪发光，木姐走近一看，那闪闪发光的东西是一对圆圆的手镯、一对戒指、一对耳环、一副胸挂。胸挂吊为妇女常用品鞋夹、关刀、锥子等，另外还有珍贵的珠宝。木姐看后明白了，这肯定是天庭送给大禹的彩礼，这些珍贵的宝贝，只有大禹这样的英雄才能享用。

木姐将这些宝贝装进怀里，爬上山梁，呼喊其他的同伴回石纽村。回到石纽村，木姐将自己打猎发生的事情给大禹和各位讲了一遍，并从怀里取出了闪闪发光的珍贵宝贝交给大禹。

众人见了这些宝贝，个个发出惊叹，赞美这些宝贝作为聘礼，是当今天下最好的聘礼了，是符合大禹这位英雄的。

到了农历十月十六，以木姐为婆亲的队伍16人，背上肉、粮、酒、衣、兽皮、野物肉，拿上从滴水岩带回的珍贵宝贝到涂山侯送聘礼。一路上，大家一会说大禹，一会儿谈女娇，有时也说上几句治水的事情，午前就来到了涂山侯家，并在午时将聘礼一样样摆在女娇长辈面前过目。大家看了大禹送来的聘礼，个个都竖起了大拇指。涂山侯夫妻也十分的满意，尤其是那些闪闪发光的珍贵宝贝，让涂山侯在众人面前长足了脸面，十分地高兴，涂山侯在家开始宴亲嫁女。

女娇被劫　大禹女娇终完婚

农历十月十八日，大禹骑着高头大马，身挂大红花，8个壮汉抬着大轿，吹着唢呐，敲着锣鼓，来到涂山国接娶新娘。清晨六时，大禹一行就到达了涂山国，涂山国的男女老幼也早早地站在寨门前迎接娶亲队伍。见到大禹英俊高大的身材，涂山国的姑娘们都赞叹不已，私下戚戚地说，自己希望以后也能找到一位大禹一样英俊潇洒的夫君。

接亲队伍到达了涂山侯家，锣鼓、唢呐齐奏。这唤起了女娇母亲的悲伤心情，自己养大的女儿，从今天起就要走进别人的家庭，做别人的妻子，当别人的儿媳，将远离自己，远走他乡，相夫教子，悲伤的心情一时难忍，就情不自禁地哭了起来。女娇听见母亲哭泣，想到以后自己不能每天见到父母，为他们做事情，内心也伤感起来，也忍不住哭了起来。母女一哭，寨子里在场多愁善感的妇女们也情不自禁地流下了眼泪。其实这哭是村寨中的一种习俗，也是大家内心的一种真情流露。

时辰快到九时，锣鼓、唢呐再一次奏响，上轿出亲的时间就要到了，在涂山侯明亮宽大的堂屋里，女娇的长辈向祖先神灵焚香。女娇向父母和祖先跪拜后，被大禹接上了花轿，走出了涂山侯的庄房。一路上，锣鼓、唢呐齐凑，大禹骑着高头大马走在了最前面，身后是八抬大花轿和长长的迎亲送亲队伍。

农历十月十八这天大禹成婚，天气也格外的明朗，太阳照晒得也特别凶狠。接亲队伍走在山路上，一直走了近两个小时，大家都觉得很累时，木姐老将发话说，接亲队伍就地休息，接送亲队伍的人各自找一个歇脚的地方坐了下来。不一会儿，新娘和伴娘都下轿，离开了人群，走进树林里。人们都知道这是他二人要到僻静处方便去，也没有人太在意。二人刚转过小山梁，就听见二人惊叫的声音传来。大家心里一惊，抬轿的 8 位壮汉立即跑了过去，只见一位白衣俊郎正与新娘与伴娘扭打在一起，一会拉新娘，一会打伴娘，看来是白衣俊男想把新娘劫走。人们一见这场景，以为这是有人在抢亲。抢亲虽是一种民俗，在岷山中也发生过，但这抢亲怎么只有一人，这有些不合常理，于是几位也大声叫了起来。听见壮汉们的叫声，接亲送亲的人们个个惊愕不已。大禹立即下马，也跟随其他人一起跑过去。这时，女娇已被白衣俊男拉离了伴娘，飞快地跑向密林之中。大禹背着剑跑来，也不敢取下避邪剑攻击，怕伤了女娇姑娘。所有人都跟随着追了起来，大家都跑得大汗淋淋，也没有追上。正没有办法的时候，突然人们感觉凉快了很多，抬头一看是被云的阴影罩着了。原来晴朗万里的天空，不知什么时候突然出现了一朵云，这朵洁白的云在天空不断地快速向前扩大，地面上的阴影也在不断地快速扩大向前，几分钟时间就遮着了在前飞跑的白衣俊男。这一遮罩，白衣俊男奔跑的速度反而变慢了下来，最终没能再跑 200 米远就停了下来。这洁白的云在白衣男子的头顶慢慢地聚拢，并开始转动了起来，白衣男子慢慢地趴下，最后变成了一只白狐。一个声音从白狐口中传来："老神仙，这不是我的主意，这是我们家族九尾狐派我来劫的……"

原来，大禹潇洒英俊，治水获得成功后，美誉远传，凡间、仙界很多姑娘都想大禹成为自己的夫君。仙界九尾狐对大禹仰慕已久，在暗中观察大禹很久了，准备将大禹纳为自己的夫君，曾化作凡间女子与大禹有所接触，九尾狐在大禹治水追杀水妖中还暗自帮助过大禹。虽然九尾狐暗自喜欢大禹，但是从来没有在大禹面前表白过自己的感情。女娇和大禹成为夫妻，九尾狐内心十分的不甘心。它决定对女娇下手，找机会把女娇抢走，破坏女娇的婚事，自己与大禹之事再从长计议。

大家被这突如其来的事吓着了，女娇反而没有太大的反应。这种被抢亲的事，在涂山及整个岷山都有所流传，人们虽没有亲眼见过，却从小就听说过这种故事。

这次女娇被抢被救都发生得很突然，也不知是被天上的哪一位神仙出手相救的。人们只觉女娇被救是大禹积下的德行，人们更加地对大禹崇敬。

发生这一事，当新娘女娇、新郎大禹及所有的人员紧赶慢赶到达石纽山家中时，刚好赶上举办结婚仪式的时辰。在石纽寨老人的主持下，大禹与女娇举行了与其他人相比有所不同的结婚仪式。大禹和女娇先拜了天，再拜了地，二位新人也拜了大禹母亲女嬉，这结婚的仪式就结束了。这仪式虽然简单，但显得很庄重。所有人都为大禹和女娇高兴，大家大摆宴席，唱跳到深夜。

新婚第三天，大禹和女娇双双回涂山拜见了涂山侯。第四天，大禹带女娇回石纽山后几日，就被远道而来的羊龙山之侯君请去治水了。

龙王助禹　凿羊龙之门导水

新婚几天，大禹与女娇分别，在石纽山留下母女俩，禹带领众人来到羊龙二氏部落之地治水。只见这时的羊龙洪水，波涛滚滚，船只颠簸，完全不能过河。河两岸是两座高大的龙山和羊山，一道山岭如龙摆出一只龙爪，与羊山相牵。与紫坪、涂山、沙坪之洪水不同，紫坪等洪水被淤塞相围，上面没有出口，而这羊龙之洪水的出口，就在这山岭。有流水出口，水患相比要小一些。但这水不断地流走，又有更大的水不断地流来。

禹带领治水大将喜宏等逆岷水之河向前考察，这些水都来自更远的高原——昆仑原。昆仑原海拔近 4000 米，一望无际的大草原。每当雨天之时，这里平地起水，到处水漫山寺，昆仑原地势高，而这些水最终都流向沟谷汇聚到岷水，使岷水到处泛滥，以至于岷山各地水患不断。羊龙之缺口，冬季水量小，春夏两季昆仑原雨量大，水量猛增，哪能排泄得及，所以不能从两山间及时流出，水在山间漫溢，喷薄而下。

禹登上羊山之巅，细细观察，细细揣摩，觉得就是龙山伸出的那一只龙爪正好摆在了河道中，挡住了河水的畅流，水从此溢流。禹派喜宏大将到下游观察山情，经过会商，禹和众人都觉得在此处开山导水最为合适，于是开始排兵布阵，岷山 20 部落侯爷带领各部人马开始动工。擂鼓造势，众人在山岭一字排开，齐开石挖山，一时声震数时，气势不凡。挖山运土近两月之时，一天，山岭突然决堤，一时水势滔滔，顺着新开的口子直流而下，水流之时带走了山岭更多的泥石。同时，在山岭开山运土的人们，被滔滔洪水与泥石一起带走了宝贵的生命。

洪水之后，大禹派幸存的人们沿河道找回死者的尸体。大禹和众亲们在龙山举行祭祀仪式，大禹左手执羊皮鼓，右手拿鼓槌，迈着沉重的步子，为死者祈祷。这些死者集体葬在了龙山之上，立碑栽树，为每一位死者栽下了一棵榆钱树，以示纪念。大禹击鼓时的步子后来被人们继承了下来，把这种敲羊皮鼓时沉着的步伐就叫禹步。几千年来，后人们每到这一天，都要为死者进行祭奠，在此烧香跪拜。为众死者栽下的树长得遮天蔽日，立下的一块纪念石碑也给包裹了起来，后人叫它禹树吞碑。

这事件发生后，开山导水的众人受到了重大的打击，人们渐渐地消沉了下来。山岭露出厚厚的岩石，靠众人执末，工程进度缓慢，凿开龙山何时之事，众人开始有些担忧。

大禹选定吉日，在龙山举行祭祀，祈求天神赐予法力。可是祭祀活动开展了三天三夜，只觉周身无力，也没有得到任何有用的法力。但是，大禹还是每天都坚持到羊龙工地上同众人一起开山运土。大禹开一会儿山，累得实在不行，就坐下来休息一会儿，不久又起身，拖着沉重的身体迈着艰难的步伐，又开始同大家一起运土。众人让大禹休息，等身体好了再来上工，可是他始终坚持不下工地，累得晕了过去，众人呼喊都不见大禹醒来，吓得人们都停下了手中的工作，把大禹带回了营地，众人一片哭泣。而大禹沉沉地睡去，渐渐地进入了梦乡之中。

在睡梦中，大禹一瘸一拐地来到了月宫，与自己的老师白胡子老仙相见。大禹向师傅说了近来自己治水取得的成绩和遭遇的困难。"你没有使用我送你的大斧来开山吗？"大禹说："用了，可跟其他的斧头没有什么两样。"白胡子老仙一下子明白了过来，立即叫在场的其他人员退下去，紧闭宫门，给禹教授起了开山咒来。原来，老仙有所担心，没把开山咒口诀教授大禹。老仙对大禹说："开山咒，分为九咒，有净身咒、净心咒、净口咒、祝香神咒、净天地神咒、土地咒、金光神咒、土地神咒、延内真神咒。这九大神咒，可自由组合，用来开树、开岩、开土等。其每一种开山咒都有不同的用法，如用错了，会导致极严重的后果。开山咒是不得已才能用它，现在人间受到了大洪水的灾难，人们虽受到了极大的伤害，但这开山咒用之要慎重，用时一定要分清咒法不可混用、乱用。从你我分别之后，你为了人间，爬行千万里，为世间治水操心劳累，你是世间无可挑剔的人。你感动了我，现我传你开岩取土之咒，助你开山导江。"

老仙让大禹盘坐在宫殿的正中央，在大禹身上挥动了几下手中的拂尘，大禹不安的心渐渐地平静了下来。老仙放下拂尘，双手抓住大禹的手，双目紧闭，感觉一股力量，传向大禹。大禹一睡就睡了三天三夜。在这三天三夜中，大禹全身发热，高烧不退，众人守在大禹身边。3天后，大禹醒来，感觉一身轻松，整个身体充满了力量。众人见大禹醒来十分的高兴，相互转告这一好消息。

大禹醒来，顾不得休息，立即来到工地。他照梦中的旨意，口念开山咒，用那大斧头开山。果然，大禹今天挥出的大斧头发出了前所未有的力量，那个坚硬的岩石，就像是一块块木头，被大斧砍得石花翻飞。大禹举起大斧砍，不觉累，反而觉得轻松自在。大禹一连砍了数小时，突然大山震动了起来，滚石乱飞，洪水翻滚，一条黑龙从洪水中升起来，把堤岸上做工的全卷进了洪水中，人们一片尖叫、哭闹。之后，羊龙山狂风大作，黑云压城，暴雨如注。这狂风暴雨，一下就下了三天三夜，大小各条沟谷山洪滚滚，泥石流所到之处毁灭了所有生命，房屋、田地尽数毁坏，世间一片悲惨。在狂风暴雨中，羊龙之地的人们跪地向天祈祷。

原来，岷山之中有两条龙，一条黄龙与一条黑龙，因琐事大战300回合，害得人间遭受了不少苦难。龙王得知此事后，各打50大板，把黄龙安隐于岷山雪宝顶山下一条山谷中，让它守护天帝的五色玉盘，把黑龙安隐在九龙山上，让其守望黑龙潭。黑龙不悦，来到羊龙山地，化作一座山，伏在谷中，阻挡了岷水的水脉。

卧着的黑龙被大禹的开山斧所砍，黑龙被惊醒了，飞入羊龙之上空，兴风作浪，给岷山的羊龙之地造成了极其严重的灾难。天兵察看凡间时，将这一情况报告给了天帝玉皇，玉皇当众呵斥龙王，要管理好龙子。龙王被呵斥，亲自查问此事，一怒之下，把手旁的香鼎丢下，把在九龙山上的黑龙给镇在了香炉之下。后人又叫此山为九鼎山。而雪宝顶下的黄龙听闻此事后，从此也隐身在五彩池旁边的黄龙洞中，不敢再出山。

羊龙之地的黑龙被龙王镇压在了九龙山上，没有了黑龙的兴风作浪，大禹带领众人开凿龙山疏导羊龙洪水很是顺利。导完羊龙洪水之后，他们又沿河谷水道，找到先前考察水患受阻之地，开山挖土。在岷山山脉之地，大禹带领各部落众人，开凿了羊龙之门、九鼎雁门、蚕陵龟门、羊博岭、玉门等阻挡岷水的 18 关口。

禹凿雁门　二过家门而不入

大禹又率领治水大将及近 2000 名民众，沿着岷水一路向上勘查，一路治水。经过了鹞鸪山、三奥雪山、九鼎山等，治理了岷江的支流沱水、猛河、松河、土河。

这一日来到九鼎山脚下，只见岷水从两山之间流过，两岸数十里的地方全是洪水，成了一片泽国。大禹决定要把这里好好治理一下。于是大禹一声令下，将 2000 民众在二级台地上扎下了营寨，如将士出征的军营，人们称这二级平台地为营盘山。

大禹招来了皋陶、应龙、勾股等商议治水方案。应龙驾起祥云，升上空中详细查看这一段岷水的淤塞情况。原来这里阻水的是河道中一道高高的石梁，挡住了洪水从上游冲下来的乱石和树木，因此塞了岷水河道。这道石梁又宽又厚，坚硬无比，要是还像以前一样由民众来挖，根本无法挖动，因为那石梁在水流的底下，人在水上面根本无法施工。最后大禹决定，亲自用开山斧来开这段石梁。

这道石梁其两山对峙，形如牢门，每年向外迁徙的飞鸟到了这一地，都像南飞的大雁一样排成一字形飞往其间，当地人故称这地方为雁门。

第二天一早，清风送爽，艳阳高照。吃过早饭后，大禹带着众人来到了工地上。大禹首先让民众清除淤塞河道的那些像小山一样高的朽木和乱石，最后露出了河道中的石梁。大禹操起了开山神斧，一纵身跳到了岷水中，迈开了凌波踏浪步伐，来到了阻水石梁的上方，运起太极功，使出了开山36斧式，挥起开山神斧，砍向石梁。只听得"咔嚓"一声震天动地的巨响，火星四射，乱石纷飞，将石梁砍出来了一道大大的缺口。大禹一阵猛砍，一炷香的功夫，便将水中的石梁砍去了一大截。

可就在这时，却出现了一件意想不到的事情。当大禹砍雁门石梁时，雁门山上就会有大石从大禹头顶落下，大禹为了躲开滚石，不得不跳上岸来，等滚石落下来完了再来砍石梁。大禹刚砍几下，山上又有石头滚落下来。大禹觉得，这是有人或山妖水怪在作怪，不让大禹砍石开山。原来，涂山水怪水猴被杀后，水猴的猴兵猴将便树倒猢狲散，各谋各的出路，其中有数只小水猴就逃到了雁门山下的营盘山。小水猴们见大禹前来砍山凿石，心中的怨气大涨，于是商议道："岷水乃我水猴之地，想不到我们的猴王被他打死，害得我们四分五裂，家不成家。如今我们逃出了涂山，来到雁门山下，他又来到此地治水，这不是要赶得咱们没有立足之地吗？咱们决不能让他顺利地治水，要给他点色看看。"用什么方式来阻止他们治水呢？大家各自说出自己的想法后都觉得不妥。一个小猴说，我们上山滚石头打他们。大家都觉得这办法好，一来他们不易发觉，二来我们远离大禹不易受到攻击。

水猴们爬上雁门山，来到了大禹劈凿石梁的上方山崖之上。看见山边上有一块松动的巨石，于是两个水猴们拿起木棍插进了石缝之中，然后奋力撬，那块巨石便从山上轰隆隆地滚了下来。大禹正在一心一意的劈石梁，忽然就听见上方的山上有大石滚落的声音，他抬头一看，只见一块巨石带着大大小小的岩石从天而降，劈头盖脸地向自己的头上落下来。大禹急忙向一旁纵身跳去，刚好躲开了一块块落下的石头，只听"扑通、扑通"的声音，石头从高的山上落进了岷水之中，溅起了数米高的水花。

石头落完后，大禹一个纵身向上，迈开了登云步，冲到山崖上察看。恍惚之间看见几个黄毛猴子的身影，快速地钻进灌木丛中。大禹向灌木丛追去，没能寻见水猴们的踪迹。大禹跳下山来，再一次跃到石梁上，接着挥起开山大斧劈砍石梁。

谁知才刚刚砍了不到一炷香的时间，又听见头上有动静，再一抬头，又见巨大的岩石从头顶的山上滚落，只好再次纵身躲开。那落石"扑通、扑通"地落进了水中。

大禹再一次上山寻找，还是什么影子都没有看见，只看见山上有许多松动的岩石。雁门山陡峭无比，常人无法攀爬，大禹想派人守望都无法做到。大禹就这样劈砍一会儿，又被山上的滚石赶开，大禹又攀上山崖查看，又劈砍一会儿石梁。这样飞来砍去一天下来，大禹累得不轻。天色晚下来，收工回营，吃过了晚饭，简单地洗了洗，便上床睡觉去了。其他治水大将在一阵交谈后，便也都各自睡觉去了。

再说山上的那些猴子们把松动的岩石撬去后，再也找不到能撬动的大石，于是大家商议在半夜时分，摸进了大禹的营帐，刺杀大禹。于是水猴们选了两位机灵的大猴去杀大禹，其余的在营外守候。趁着黑夜，两水猴选准一个最大的草棚，猜想这个草棚一定是大禹的大帐。慢慢地靠近帐边，轻轻地开了帐帘，一侧身钻了进去，耳听从大帐里面传出来了均匀的呼吸声。可是刚摸到大禹的床边，忽然听到大禹翻了一个身，吓得二猴一阵心紧，急忙伏下身去。又过了一会儿，细听没有什么动静了，这才又慢慢地站起身来。刚摸到时床边，大禹又一个翻身，吓得两个猴子半天不敢动。一个悄声说，看来我们是杀不了大禹了。另一个说，那我俩也不能白来，不然怎么向他们交代呢。他俩忽然都想到了大禹的开山大斧，同声说，不如把大禹的开山大斧偷走，让他开不成山导不成水。于是两个猴子在帐篷里一阵摸索，终于摸到了开山大斧。怕弄出了声音，两个猴子小心翼翼地使出了吃奶的劲，扛起了开山大斧，轻轻地钻出了草棚。众猴们将大禹的开山大斧偷了去，他们将开山大斧抬到了雁门关石梁的深潭处，推进了泞潭里。只听得"扑通"一声，大斧沉入了河底。水猴们个个欢呼雀跃一阵后，雁门山的夜晚又平静了下来。

第二天一早，大家吃过早饭准备上工。大禹走进草棚来取开山大斧，在草棚里找了一会，也没有找见。于是就问大将皋陶："你把开山大斧放在哪儿了？"皋陶说："就放在了进门边。""我怎么找不到了？"大家找了一整天，也没有找到。开山斧不见了，大家大惊。

急忙招来守夜的人问："昨晚有什么异常?"大家都面面相觑,都说没有发现异常。

大禹想那开山大斧重几十斤,一般人是不会取走的,除非是被山中的妖怪给偷走了。大家找寻了一会儿没有找到,只好纷纷扛起工具,前往雁门石梁,用镐、锄、钎等工具挖凿挑运。正当众人上石梁开挖之时,只见眼前岷水河面上冒出一串串水花,先钻上来一个头戴冠冕、身穿绸缎、手拿神祇的神仙,而后钻出来4个虬龙,抬着一个东西。众人一看,就认出了那东西是大禹的开山大斧。4个虬龙把大斧抬到大禹的面前,手拿神祇的神仙双手抱拳给大禹行礼,说道:"岷水神喜都给大禹王行礼了,请大禹王原谅。我没有管好岷水中的这些家伙,是不知天高地厚的水猴们,把你的开山大斧偷来投进了岷水中,要阻挠你治水,请大禹王原谅呀。"又转身向4个虬龙招手道:"快将大禹王的开山大斧呈上来。"那4个虬龙举起大斧递给了大禹。

大禹接过大斧,上下看了一遍,收了起来。大禹说道:"多谢黄龙给我找回了开山神斧。几个小贼想要偷盗开山神斧来阻挠我治水,那是痴心妄想。"

"不敢耽误了大禹王的宝贵治水时间,咱们后会有期。"大禹抱拳拱手说道:"多谢尊神为我找回了神斧。"之后,岷水神喜都带着虬龙踏着波浪走到了河心,沉入了水中。再看那道昨天被大禹劈开的岷水里的石梁已不复存在,洪水已经退去了许多。岷水欢畅地流过河道,奔腾跳跃向下游流去。

雁门洪水疏导成功,大禹让众人休整一天,第二天拔寨起营,继续顺河而下,向着岷水向前的方向进发。

出发不到半天,便来到了石纽山人烟最为密集之地寒水驿。应龙指着石纽山说:"禹兄,我们这次治水要从石纽寨下过,你要不回家看望一下母亲和妻子,妻母一定在家里盼望你早日回家呢。"勾股也说道:"禹兄,你新婚4日便离家治水,如今已经大半年了,回家看一看二位夫人,也是人之常情,更何况这是顺路。"

大禹说道:"大家的好意我心领了。治水大业还没有完成,我不能儿女情长，只惦记小家，而忘了大家。再说谁人没有家，你们不是也没有回家去看一看吗？等到治理好洪水，再回家也不迟。"

当队伍走到石纽寨下方时，大禹停下脚步，向山上望了望，然后又迈着坚实的步子跟着队伍向前。

熊耳山塌　皋陶施法治沱水

岷山广袤，河道众多。沱水是岷山中岷水最大的一条支流。在沱水河流域发生了连续多日的强降雨，熊耳山发生了山体滑坡，沱水被淤塞河道，形成了数十公里的洪湖。洪水不停上涨，堰塞湖随时都有可能发生决堤，沱水两岸的人们受到了严重威胁。

正当大禹带着皋陶、勾股、喜宏、应龙等治水大将赶往玉垒山治理洪水时，沱水流域的白狗国派人来请求大禹帮助治水。大家经过商议后，就派治水大将皋陶前往白狗国熊耳山治水。

皋陶来到沱水流域，见山高林密，山谷狭长。白狗国的侯爷好不容易把民众在距熊尔山垮塌最近的一个狭长的二级台地上安营扎寨了下来，在第一天晚上就有熊和狼在营地出入、嚎叫，搞得大家一夜都没有休息好。第二天，白狗国的侯爷向皋陶说："沱水河森林茂密，猛兽众多，常有猛兽伤人事件，在此营地需要设防，防备兽袭。"皋陶对望禺将军说："那我们要多加防范，以保人畜安全。"望禺道："分内之事，我当加强防备，保证大家的安全。"皋陶道："要在营地四周增加鼓角，夜间一旦有猛兽出入，可鸣鼓角，既可惊兽、驱兽又可及时报警。"望禺点头称是。

望禺加强防御安排，而皋陶徒弟热喜娃率领民众夜以继日地奋力疏导淤塞的沱水河道，他们借助溢出的水流，细心安排得力人手挖土石疏导河道。这一日，众人疏导河水时遇一巨石挡道，沱水绕石而行。为拓宽沱水河道，必须移走巨石。巨石表面虽有棱，但周边竟无缝隙，击之不碎，欲凿无缝，深陷于泥源之中，虽集百人之力，撬之不动，无处下手。

有人建议要皋陶向大禹求援，用大禹的开山神斧来把巨石劈开。热喜娃说，这世上若没有大禹就不治水了，我们不能光靠大禹，遇到了问题，还要自己来解决。热喜娃便再次到工地察看情况。在巨石四围转了几圈，琢磨半天后说："先挖去陷石之泥，或许去了根基之泥可以移动。"大家也感觉有理，便都动了起来。

巨石周围淤泥碎石都已清除，只有少许淤泥粘连，但巨石仍挺立泥中。皋陶见这块巨石上小下大，犹如一只巨大的葫芦，不会倾倒，又无法移走。若留石原地，沱水河道严重受阻，必须移去才能让沱水畅流，然而去之无方。正在为难之际，皋陶正好前往监督，见工地众人群集，似在商议什么，便挤了进去。只见人群围着一块巨石，热喜娃正焦急地和众人在议论什么，便问热喜娃："将军何事困扰？"热喜娃抬头见是皋陶，忙指巨石道："大将军，此石大而无缝，光不溜秋，无法移动，为此而愁也。"皋陶来到大石前细看，用锄敲了几下，再用手抚摸后道："我有方法移开此石。"热喜娃道："大将军是何办法？"皋陶笑而不答，只是要求热喜娃把人员分成两批，一部分人员拿砍柴的刀斧砍柴。让余下的人开始运土在巨石上，把已挖走的地方填上，并把巨石四周围起来，不让河水流向巨石。众人不得皋陶之意，在运填土工作中意见不断。热喜娃也不得其意，但他坚决执行皋陶的要求，并组织填土和砍柴之事。几天后，巨石周围挖去的土被填好了，并把巨石围得滴水不进。之后，将砍来的柴架在巨石上，点火烧石。

这时有人才开始理解皋陶的做法。

人们之前砍来的柴细小，很快就被烧完了。皋陶看了看石头，摇摇头说，还要加紧烧哦。便命令所有的人都去砍柴，再派 10 余个得力干将去砍了几棵油松。大家一连砍了四五天的柴，将这些柴准备好放在岸边。再派人在巨石上将砍来的柴和油松木架在石头上，点燃大火不停地烧石头。在火烧大石之时，皋陶又派人砍大树，开挖水槽，将挖好的水槽数根架到巨石上方。

大火一烧就烧了三天三夜，将大石烧得通红。皋陶命所有人回到岸上，并远离巨石，然后下令向大石冲水。当流水通过水槽冲在通红的巨石之上时，巨石发出隆隆的炸破声，同时，一股股水汽腾起升上天空。一阵炸爆之后，白白的水汽在山谷中也渐渐散去。

皋陶和所有人都走向巨石，只见那巨石被暴得四分五裂，道道裂口布满石头。人们跳上巨石上，用钎一钎一钎地将这些炸裂的石头撬下。这个巨大的石头通过火烧再撬，几天时间就将巨石给移完了。皋陶率领众人继续开劈沱水河道，逢阻则除，遇崖而削，沱水河道日宽。

辛苦近 3 个月，白狗国熊耳山淤塞的沱水疏通了，河水顺畅流到了岷水之中。

禹凿巫峡　三过家门而不入

岷山各条沟谷的河道基本疏通，岷山中的各洪患治好之时，山外的大平坝传来了求救的信息。

大禹王得到求救的信息后，就立即派出了应龙前去察看具体情况。应龙架起浮云，带上左右二员小将，升上天空，就向大平坝飞去。应龙和二员小将架起浮云四处察看，一连飞行了数十天，才查清了大平坝水患的原因。原来，大平坝上的水都不停地流向东南面的巫山，洪水经过巫山时受到了阻碍。

应龙查明了原因后，立即飞回了岷山向大禹王汇报具体情况。应龙说：平坝很大，四周都是高山耸立，犹如一个大大的脸盆。四周高山各处所来的水都汇聚到了盆地内，盆地到处是水患，处处变成了泽国。岷山各处疏导的洪水也经谷底的河道流向了山外的大平坝，生活在盆地内各丘陵小山的人们的家园受到了洪水的威胁，人们的生命财产危在旦夕。

大禹听后立即组织人马，准备粮草，调治水队伍前往岷山外的大平坝治理洪水。

　　大禹王带着队伍沿岷江而下，几天后就来到了石纽山，在自己家剜儿坪下经过。随行大将热喜宏说：大禹王，你很多年没有回家了，现在经过家门前，你还是上山去看一看家中的妻儿和母亲吧。很多跟随你一起治水的石纽人也很多年没有回家看看了，你就放一天时间的假，让这里的人们回家看看吧。大禹王站在石纽山下向山上不停地望了几回，最后还是说：应龙老兄，大平坝的灾情很是严重，这你是最清楚的。情况严重，我们不能多耽误时间了。我们到了家门前，是应该回家看看，虽然家就在这高山之上不远，回去看望一下也许耽误不了多长时间，但是队伍里的很多人都多年没有回家了，这一路走来，所经过的地方，也没有人提出要回家看望家人，到了我们这里就准许回家看望家人，那整个队伍不就乱了，其他人会咋想呢。

　　大禹王停下脚步，向石纽山的家深深地三鞠躬，向家人致歉、致谢。其他人见了大禹向家鞠躬致歉、致谢，都停了下来向各自家的方向深深地三鞠躬表达心中的情意。然后在大禹王的带领下，继续踏上治水的征程。

　　巫山阻挡了洪水的去处，大禹王带着万人直奔巫山开凿巫峡。来到巫峡，只见巫峡之间常会出现一座座山挡住洪水的流去。当地人说，这是蛟龙在河道中作怪。大禹王带一部分人坐着木船前往江中去凿山疏导江水，还未到达，就被几个波浪打翻在了水中。人们根本就不能靠近江道中的山，一万余人只能在岸上着急。

　　大禹王让应龙架浮云将自己送上江中的山峰上。来到山峰上，大禹王取下身上的开山斧就开始猛劈，很快山峰就被削平了。可是到了水下，一连几天，大禹王的开山斧再怎样劈就是不见山矮下去。一天，天降祥云，浮云上升起一位女子，向大禹王传授斩蛟龙的秘诀。在神女的帮助下，大禹王口念神女授予的斩蛟咒语，大禹王的避邪剑发出强大的威力，一剑下去，水中的山峰猛地卷起一道云雾升上天空。神女见状，摔出一条铁链，把那云雾锁在了另一个山头。大禹王见状，再用避邪剑猛刺三回，那云雾就不再飘动了。而江道中的那一座山峰也不见了。在神女的帮助下，经过禹和各部落人民的共同努力，终于凿通三峡，江河畅通，水流大海，湖泊疏浚，泽国变成了陆地。后来那个大平坝，经过几百年的时间就变成了沃野千里的盆地。

禹从江州东下来到了三峡，便开始疏浚三峡的工程。晋郭璞《江赋》云："巴东之峡，夏后疏凿《淮南子·修务》说，禹先是决巫山，令江水得东过。"即凿开了堵塞江水的巫山，使长江之水能够顺畅东流。然后，他又凿开瞿塘峡"以通江"，开西陵峡内的"断江峡口"，终于使长江顺利通过三峡，向东流注大海，解除了水患对长江中下游的威胁，而上游的四川盆地终成粮仓，号称"天府之国"。

大禹疏浚三峡的故事被后人传说，这些故事不仅被文献记载，而且诗人们多以赞颂的诗句予以讴歌。杜甫的《瞿塘怀古》诗曰："疏凿功虽美，陶钧力大哉。"而任夷陵县令的欧阳修，只相信禹王开山之功，不信神牛凿峡之说，所以他将"黄牛庙"改名"黄陵庙"，庙中祭祀的黄牛神改为祭祀夏禹王。范成大的《初入巫峡》直抒胸臆，倍有神致："伟哉神禹迹，疏凿此山川！"

化猪拱山　东别为沱治西海

再说皋陶与大禹分手各奔两地治水，皋陶前往沱水熊耳山疏导淤塞的沱水，而大禹则前往洪水更凶猛的玉垒山。

大禹从石纽山向南行到玉垒山，一行人行走了将近150里，就来到了鸡公山前。鸡公山山势开阔，此处两岸又有数条较大的支流汇入岷水，岷水流量大增，但江水缓流，岸上山势平缓，有许多山丘是农耕之沃野。大禹说，将这里的洪水疏通，还会有更多的沃野可作为耕地。

大禹一行继续前行，一路走一路察看灾情。过完鸡公山，岷水两岸的山势又变得更低了，眼前一片起伏的小山和丘陵。

丘陵之外，一眼望不到边的平原大坝。远远看去还有许多闪动亮光，大禹搞不清这些闪动的亮光是什么，于是派人前去察看。应龙、大章等回来禀报说："前方这个平原大坝到处是积水，可以说是泽国一片，人们生活在水国之中，草棚搭建在泽国之上，星星点点的到处都是。平坝的湿地上生长着大片大片的芦苇，许多芦苇快把仅有的一点田地给占领了。庶民们架起水牛耕地，与芦苇争夺地盘，在水中泛舟捞鱼。这里沦为千里的泥水荒野，除了洪水灾害的原因之外，另一个原因就是朝廷不重视这一方水土，视这一方水土为化外蛮荒之地，听由自生自灭，不知排涝开垦。这里的庶民以捕捞鱼类为主要生活来源，只少量地进行种植农作物。这么大一个地方，从那些生长的芦苇来看，水涝并不是很深，如能排涝治水变泽国之地为千里沃野的大粮仓，那该多好哦。"

大禹见各位大将把这千里泽国变成沃野之地、人们理想的生活之地有很高的愿望，于是对各位说："如何排涝，如何开垦？"太章说："我们还是不能盲目从事，首先还是要搞清水情，再制订排水方案，这样才能不盲从。"于是，大禹选派出四路人马，从东西南北4个方向进行察看水情。

半月之后，各路探水情的人马都回到了玉垒山脚下。南方去的人汇报说："水向南方流去，但南边地更广阔，也有不少的丘陵高坡，人们也会耕种土地。"东边去的人说："东边更宽广，我们行了一周的船都没有见到山，也没有望见边界，我们怕耽误了大家相会的时间，就往回赶了。"北边去的回来说："我们走到了这大平坝的边上，有一条大江从深山中流出，水量也不小。"西边去的说："走几十里远就与大山相接了，西边水患不大，水患点不多。而这些地方的水都向南流去了。"四路人马各自汇报了察看水情的情况，大禹最后总结说："你们各自前去察看水情，我也没有闲着。"皋陶接过话说："其实你们说的这些情况，大禹王自己已飞上天察看了一次。"大禹王说："虽然我能在天上察看，这只能看一个大概，不能亲自考察具体情况，所以还派了各位前去，辛苦各位大人了。"

大禹接着说："我借用一个比喻，这平坝之水，如人的身体，现这体内各种大小气血交汇在一起，没能按各自的血管和经络通畅。精气血液壅塞不畅，则如人身体臃肿。平坝水系众多，大平坝如人体，积水如人体之气血，若无经络，积水就会壅塞不去，就会散乱流窜，为患大地，使大地泥湿地腐，民不得耕，庶民生活困苦。而今之计，除了通岷、湔之水路，还要构建平坝之水流网络，让水经过开挖的沟渠汇入大江，有了通水之渠，大平坝就可以湿燥互济，也就可以耕种，庶民就可以有生活。"

"开沟渠排水道是可行，但要岷、湔二流水相映，平坝水地广，开凿得有先后，沟渠得有深阔之分。"勾股说。大章道："这么广阔的平坝，3000民众哪能够呢，应调用大平坝周围的民众来参与，共同完成。"

大平坝地平而宽广，河道淤塞的并不严重，只上天气转为阴雨之时，岷、湔二江水量陡增十数倍，平坝河道平缓，水流缓慢，水溢四处之事必然发生。等到冬季水流量减少，大禹组织人力两江共导。几千民众共同在一条江上开工，凿石裁弯，通畅河道。经过近月白天黑夜地干活，疏通了两江的河道，平坝上的水很多都流入了江河之中，河道两岸呈现出了许多的土地。大禹用他的登天禹步升上天空，察看治水效果。他从高空向下一望，看见还有许多一沱一沱的大凼，这些大水凼都远离河道，未能排入岷、湔二江的河道之中。

大禹王看见还有许多的泽国存在，一连几天沉思不语。一天，大禹召集治水大将们商议治理沱水之事。大禹王说，我们现只疏通了两条大江，但这平坝水系众多，还有许多的小沟小河的水流不畅，仍在平坝内回流，造成了许多水患，还是泽国一遍。我们要把平坝上的这些还没排出的一沱一沱的大水凼，开出一条水渠，把它们连起来，并将其水导入大江之中。众将说，这是一个办法，可是这个工程量巨大，比疏导淤塞的河道工程大几倍，这些挖掘搬运全靠肩挑背背，你那开山大斧也用不上了，何时才能完成？

大禹王说，有志者，事竟成。只要有恒心，铁杵也能磨成针呢。大禹带领近万民众开始开沟凿渠，治理沱在大平坝上的大水凼。

话说在石纽村的女娇，新婚3天与夫君分别，2年有余，与大禹没能见上一面，思君的心情一天天加重，有时会茶不思来饭不想。她决定前往工地探望夫君。于是与母亲道别，背起简单的行李就出发了。她来到玉垒山上，坐下休息时，放眼一望，只见众多民众肩挑手拿地搬石运土。人们撸起裤管和袖子，在沟渠中举锄挖土，搞得浑身是泥。女娇见民众十分的辛苦，就想起了自己做绣花鞋祈祷后变成了能飞的云云鞋。于是，她在玉垒山上沐浴除秽，焚香柏枝祈祷自己能帮助人们开沟凿渠。她跪拜在地，向天合十祈祷。从午时到夜晚，她祈祷得有些累了，不知不觉就睡去了。在睡梦中她变成了一只神猪，长着长长的嘴，在白天民众开挖的地方拱沟渠。民众第二天起来发现自己开挖的沟渠比昨天深了、宽了、远了。大家以为大禹王用神力在深夜助大家开沟凿渠，也没说什么。而大禹觉得是人们的干事感动了上天神灵，是上天的神在帮助他们，也没有多去想。

女娇白天在玉垒山上休息，夜晚就祈祷变猪帮助拱山开沟凿渠，这一做就干了约有 10 天。沟渠快要完工之时，大禹决定在夜晚来见见这位大神仙，好当面谢过。趁夜黑之时，他一人悄悄来到拱沟渠的地方，见一黑点埋头拱地，于是高声说道，是哪位神仙大人在此帮助我们开沟渠，请受大禹一拜。女娇一听，是自己夫君大禹的声音，她愣了一下，怕自己抬头露出原形，让大禹认出自己变成一头猪，于是她撒开四蹄跑了起来，大禹在后面边追边喊，女娇奋力向西边山林中跑去。大禹怎么追赶也没有追赶上。

在女娇的帮助下，大禹带领民众不久就开挖好沟渠。通过这沟渠平坝上的水被这导入了大江之中，渐渐地平坝泽国千里的景象不见了，变成了可以耕种的大地了。

火烧芦林　垦荒西海造良田

在女娇化猪帮助大禹开沱江治理蜀地水患之后，大平坝内的岷江水就渐渐地变得水流从渠，十分地畅顺了。原来沼泽之地，渐渐地变成了大片的陆地，随着水退陆现，芦苇不断地展示出自己坚强的生命力，成片的芦苇林生长起来。水退鱼虾少，原来以捕鱼为生的人的生活变得困难了起来，人们只好垦地种粮。但是开垦出的土地，除了长出庄稼外，在田地四周也长出了不少芦苇，土地被芦苇包围着，田地被疯长的芦苇吞噬着。

为了生存，人们与芦苇争斗，但都不能断了疯长的芦苇。有的地方，人们开始逃难了。有人将这一事报告给了大禹，于是大禹就派太章去察看具体情况。

太章带上三五个随从，带上腌制的食物，各自坐上泥橇，向远方滑去，去察看疯长的芦苇，了解人们的想法。他们滑着泥橇，穿行在芦苇丛中。他们每到一处聚居点，都向人们教授泥橇的制作方法。太章向男子们说，像这样做几个泥橇，像我们一样，一只脚跪在橇内一只脚蹬泥向前，用熟练了，在芦苇林中穿行是十分方便的。

芦苇林一个就方圆几百里，要清除这大片的芦苇林，靠人工一锄一锄挖是非常的困难。人力铲除，费时费力，何年何月才能完成，而且靠人力，不能完全清除芦苇地下的根，来年还要长出。这是人们与芦苇战斗而得出的常识经验。

太章等人巡查了半月后，返回了还在崇地治理水患的大禹处，向大禹汇报了巡察芦苇的情况。大禹听后，就向太章说：依你看，我们应该用什么样的办法来把它们消灭？太章说："这盆地上的水顺沟渠流入了河道后，土地渐渐地变得半干不湿的，很适合这芦苇的生长，芦苇地太大了，只靠人力来挖除是非常困难的，最好的方法就是我们可以用火攻，半月就能解决问题。"应龙说："秋天之时，芦苇开始长老，杆、叶等开始变干，那时又会吹起西风来，赶在秋天之前将芦苇丛中的人家进行搬迁，准备妥当后再火烧芦苇。"

大禹说："火烧芦苇可以，但是，芦苇根硬而且又湿，恐难除尽芦苇的根。除了芦根，才能断其疯长的势头，芦根不除，又会死灰复燃。焚芦苇的同时，我们要把芦根清除了才是最好的。"

太章说："禹王你说得好，我们尽力为之吧。我想，我们从几方面去做准备，定会把芦根给除了。一是我们要借助风向，点烧芦苇的地方；二是要在芦苇地上洒放能够助燃的硝、硫黄等。通过猛烈的火热，产生更高的温度，除走芦苇地上的湿气，来燃烧芦根。即使没能燃烧到芦根，其根部的泥土也会变得干松，那样，人工除起来也轻松得多了。"大家听了，都说火烧芦苇是一个好办法。

深秋的一日，太章组织各地的农人们，找到能躲避大火的地方，并在各地的高坡上插上一面旗帜，以观风向。组织人员在芦苇丛林中撒上硝、硫黄等助燃物。

旗帜插在高坡上猎猎作响，西风也狂了起来，所到之处，芦苇都开始弯下了腰身，点火焚芦的时机到来了。大禹命人各自去准备。太章、应龙、江冯等人从南到北分别守候，只等秋风猛烈之日。秋末之时，芦苇已干，一点即燃。一日，大禹一声令下，太章、应龙、江冯从 3 个点点燃，芦苇地燃起了熊熊大火，借着猛烈的西风，烈火腾空而起，噼啪之声大作，风助火势，火借风力，直向芦苇深处烧去。

芦林中投洒了硝、硫黄等助燃之物，以助火势。不上一顿饭时间，芦林上空火光烛天，漫天火鸦飞舞，阵阵黑烟翻滚，遮了半边天。灼人的热浪扑面，夜间火光照得大地一片红。大火从西北烧向东南，连续烧了 7 个昼夜，烧得芦林都变成了灰烬，深藏芦林中的鱼、虾、野鸡、麻雀等都成了焦炭。7 日之后，火势渐灭，但余热未去，水汽烟气交互蒸发，地面灼热，气味刺鼻难耐，民众一时进不得火场清理芦根。

芦林已荡然无存，一眼望去无所阻拦，眼前一望无际，烟雨蒙蒙，既看不见高山奇峰，也不见汪洋大海，只有一望无际之大平原。

又过 3 日，地面逐渐转凉，烟火已灭。太章、应龙、江冯等组织所有的百姓开始除芦根。

大火之后，芦根部的土多半酥松散裂，一蹬就碎。人们清除芦根也比原来要轻松多了，但是，需要清除的地方很多，人手也不够，于是大禹命令所有参加治水的民众都停下手中的活，参与到清除芦根的大行动之中去。要抓住这有利的时机，彻底地清除芦苇的隐患。

3 个月过去了，被焚烧的芦苇地被人们翻动了一遍，清除了芦根。芦林烧后，已成了活土，汪洋之地变成了陆地平原，火场中黑灰厚达半尺，与水混合给土地作了肥料，可容更多的人来此耕作。

一日，大禹带领太章、应龙、江冯等众人一路东行察看。烧后的大地呈现出清新的面目，地面高高低低，沟沟凼凼，满眼都是潴水池塘，有水蜿蜒曲折从西南流来。大禹说：我们虽然开挖出了沱渠，但还是没有完全排尽这里的水。这里的平地，比我们的山林陆地好多了，我们还要把这些大大小小的水池、沟凼开沟排水，把这些土地变成能种庄稼的田地。

"从崇到郫，从郫到蓉，从眉山到乐山，环视四周，目力所极，都是一马平川。这平原大坝，芦林焚尽后，余烬为肥，水流充沛，是一个很适合耕种的地方。"大禹说："这么大的地方，人烟又是那样少，我们山林之中，地少坡陡，可以让一部分人到这里来耕种土地。这里的土地很是肥沃，通过几年的耕种，可以把这里变成沃野千里的粮田，你们可把自己家乡的人组织来这里安新家。"

在热喜娃、应龙、太章等人的安排下，近3000户受困的人家从汶山深处来到了盆地大平原开始新的生活。他们没有了山林的打猎、采摘野果的天然生活来源，但大平坝肥沃的土地和温热的气候，让他们很快就有了劳作的回报。耕种的蔬菜2个月的时间就能收获，耕种的粮食5个月左右就能收获了。比起山林中的生活，他们渐渐变得丰富了起来。

三五年后，见迁到平坝中的人们生活得十分的安稳，大禹等人又一次组织岷山中生活的人们来到了大平坝鸭子河、青衣河等沿岸安家落户了起来。

此后，汪洋大海，长满芦苇的大平坝，就渐渐地被人们开垦出几十万亩良田，汪洋泽国变成了天府之国。

汶川之会　大禹石纽祭天地

岷水从羊博岭的岭口中淌出，穿越岷山的崇山峻岭，一路向东南方向前行。山后的流水汇成白水河，一路向北注入了黄河，从岷山出发的两条江水都在发生严重的水患。经过 3 年的不断努力，岷山里的岷水水系在大禹的领导下，一处处给治理好了。大禹带领民众疏导岷水的好消息，在天下广泛传颂。一时，前来邀请大禹前去治水的人不断来到汶山之地。

治理好大平坝的洪水之后，大禹王带领所有的人员回岷山进行休整。他们沿着岷江河道前行，一路走来，所看见的大地上积存的洪水早已经退尽，百姓们已经开始耕种。漫山遍野一片绿色，山川锦绣，一片生机盎然、欣欣向荣的景象。大禹和众人看着这么多年奔波治水得来的硕果，无比欣慰，心中充满了自豪。兄弟们一边观看，一边指手画脚地议论着，有说不完的话。

回到岷山石纽山，大禹王让每一位治水人都回家看望家人。自己也回到了久别的刳儿坪看望母亲。

农历六月初六是大禹的生日，母亲要为自己的儿子举办生日。这消息很快就传遍了四方。六月初六，各地的人们纷纷前来石纽山给大禹王庆生。这天，治水老将太章给大禹主持庆祝仪式。岷山中的羊龙氏、蚕陵氏、工共氏、涂山氏、牦牛氏等各部落的人纷纷来到了大禹的家乡禹村，给大禹共庆生日。除了各部落的氏族侯王外，还有更多的百姓前来参加大禹的庆生活动。前来庆祝的各部落人员自觉地站成一队，顺次走向大禹，送上祝福。各部落的人都给大禹带来了十分珍贵的礼物，有的送来了豹皮、虎皮、熊皮等猛兽之皮，有的带来了大黄、贝母、羌活等珍贵的中药材，有的人带来了玉器珍珠。他让人把各部落送来的兽皮分发给参加治水的民众，让他们自己去做一件皮衣。把送来的各种药材集中起来送给了禹村的"岐黄"。让带来珠宝玉器的氏族侯王各自带回，说："玉、珠不是我辈人所喜爱之物，我们要平水患，用玉、珠能作何用？"

排在最前面的是各部落氏族的侯王们，之后是各地慕名而来的百姓。有的百姓带来了自己最为珍贵的东西，但更多的百姓给大禹送来的是治水用的工具，耒锸、耒、耙、耒耜等。大禹看见百姓们送上治水工具之时，心中生出无数感慨。对站在自己身边主持庆祝仪式的太章老将说："这是我们最喜欢的东西。这也是人们最大的希望，更多人的心声。要我们治理好更多地方的水患，能把天下所有的水患都给平息了。"见到这情景，大禹就立即召集了手下治水的各路将领进行商议。大禹说："岷山水患首治成功，但是更多地方的人们还在遭受洪水带来的困苦。我们要帮助他们把洪水治理好，让天下所有的人都远离洪水，过上平静地生活。"太章说："四渎之内的人们都是我们的同胞，大禹王说得对，我们要帮助天下所有的人都免受洪水的困苦。我们现在有了治水的经验，就要帮他们治理好洪水。"大家都七嘴八舌地说，对，我们要为天下所有的人治理洪水。

大禹说，我们现在虽然能治理洪水了，但是这不仅是我们的力量，还有天地神灵共同的帮助，我们才能治理好地上的洪水，我们要感谢天地万物的帮助。我们就在这月的二十四日举行祭祀活动，然后就走出岷山治理四渎的洪水。

二十四日这天，天空万里无云，参加治水的所有人员都齐聚石纽山下，四周村寨的男女老幼也都放下手中的事情前来参加祭祀活动。祭祀活动开始，大禹王背着开山斧、避邪剑，举着耒耜走在最前面，大禹王后面就是12人的羊皮鼓队。由于大禹王常年在外行走，腿脚有些受伤，走起路来一瘸一拐，蹒跚着向前。跟随其后的12人敲着羊皮鼓，也迈着蹒跚地步伐前行。皮鼓队后面是30个举着队旗的治水英雄，之后就抬着供品的青年男女。

原来洪水所到之处的河谷到处是卵石泥场，经过几年后，现在已是草繁林茂。大禹王带着祭祀队伍，绕着石纽山最先治理洪水的地方行走3圈。每走一圈，都向高大的石纽山三叩拜。在一棵老柏树前，人们停下来，把所带来的贡品全部摆上，人们整齐地站在柏树前，点燃起香枝，大禹一边口念众山之神的名字，一边挥动着手中的耒耜。他沿着石纽山开始请神山众神，先请了石纽山之西江河之源的山神；再顺流而下，请沿岸的各大神山之神；再从岷山出发，请三山五岳、四渎之山的诸神降临岷山石纽山，接受大禹王等于天下大众的顶礼膜拜。人们跟着大禹王三叩九拜，向众山之神虔诚祈祷。

在大禹王的主持下，人们跟着转山、净寨、除秽、解淫、请众神。人们焚香三叩九拜，除了祭祀，还跳起豪迈的锅庄，欢庆这吉祥的日子。分食众神赐予的贡品、牺牲，石纽山祭祀祈祷活动开展得庄重有序。

祭祀完成后，大禹就把有治水经验的皋陶、应龙、热喜娃、勾股等 10 员大将和 10 员小将全部聚集在汶山的大禹坪，大禹王与众将领一起总结近年来的治水经验。

大禹王说道："兄弟们，把你们这些年来跟随我治水的感想都说一说好吗？"

皋陶说道："这 3 年来，我们跟随大哥治水，跋山涉水，栉风沐雨。今天挖河，明天开山，历尽了千辛万苦，流尽了泪水和汗水，终于换来了今天的回报。我的《山海经》也要写完了，我很自豪，也很有成就感。这 3 年来，我收获很多。"

应龙说道："这 3 年，我收获很多，也没有虚度光阴。自打跟随大禹王治水以来，风里走，雨里钻，晴天一身灰，雨天一身泥。不过苦没有白吃，累没有白挨，今天我们胜利了。我也从一个山野精灵，变成了一个华夏神医，我也很自豪。"

勾股接着说道："我的知识就是为治水而学的。在治水中，我的勾股定理发挥了重要的作用，哪里该挖，挖多少；哪里该凿，凿多少；都是用勾股定理计算出来的。在治水中，我的规矩和准绳都派上了用场，它们在治水中都立了功。在跟随大禹哥哥治水的 3 年中，我也学到了许多知识。"

太章说道："我带着我的大算盘，跟随大禹治水。凡是遇到需要计算的地方，全靠它计算用工量，计算工期，计算粮草，计算里程。我在治水中立了功，我的大算盘也立下了功，我也很自豪，我也很有成就感。"

热喜宏说："我们这几年跟随大禹王治水，能取得成功，最大的经验就是我们万众一心，把治理的洪水当作我们共同的事业来做，再大的困难我们都共同迎战。而在具体的治理过程中，我们首先是勘察洪水形成的原因，再根据具体情况制订出治理洪水的具体方案。把淤塞河道的泥石利用河道流水的冲击力，一点、一点地让流水带走，以减少我们的肩挑背磨。我们还把一些狭小而又弯曲的河道的弯角给截掉，让河道变得通畅。我们做事是有计划、规划的。"

皋陶又说："在以后的治水中，我们还要进一步发挥群策群力的治水方式，靠大家的力量来平息水患。"

大禹王听了众人的总结说："各位兄弟，你们各位都说得对。在治理洪水中，我们都取得了很多收获，各自都长了很好的本领。通过这几年的治理洪水，我们变堵为疏，主要采用开挖淤塞体，一是把洪水不畅流、江河不畅流的地方给疏通，让洪水畅流；二是在治理每一处水患前，我们都认真地进行了勘察，分析洪水形成的原因找到，再制订治水方案；最关键的还是我们万众一心，锲而不舍地劳作，把最为困难的问题给战胜了。成功治理岷山洪水，是我们大家共同的功劳。今天我们治好了岷山水患，明天我们将走出岷山，在四渎之水、三山五岳之地治理洪灾，要发挥我们之前的经验，更为重要的是要靠大家共同努力，把天下的洪水都给治理好。"

禹治九州　万邦归顺建夏国

禹带领岷山各部落的几万民众治水岷江取得成功，把汪洋泽国的四川盆地变成了沃野千里的大粮仓。大禹王治理洪水取得了成功，受到众人的推荐，走出岷山去治理九州的洪水。禹王带领民众行走高山，砍削树木作为路标，以高山大河界定各地的地域。

大禹王治水，开山导水。开通了岍山和岐山的道路，到达荆山，越过黄河。又开通壶口山、雷首山，到达太岳山。又开通底柱山、析城山，到达王屋山。又开通太行山、恒山，到达石碣山，从这里进入渤海。开通西倾山、朱圉山、鸟鼠山，到达华山。又开通熊耳山、外方山、桐柏山，到达陪尾山。开通嶓冢山到达荆山。开通内方山到达大别山。开通岷山的南面到达衡山，过洞庭湖到达庐山。把荆山、岐山治理以后，终南山、惇物山一直到鸟鼠山都得到了治理。原隰的治理取得了成绩，至于猪野泽也得到了治理。三危山已经可以居住，三苗就安定了。

大禹王带领民众疏导黄河，从积石山开始导水，凿龙门山；把黄河之水导向华山的北面；再向东引到底柱山；又向东引到达孟津；把向东的洛水引向黄河主流；把下游的徒骇河、大史河、马颊河、覆釜河、胡苏河、简河、絜河、钩盘河、鬲津河等9条支流疏导合成一条逆河，再流进大海。

从嶓冢山开始疏导漾水，向东引导入汉水；又向东流，成为沧浪水；经过三澨水，到达大别山，向南流进长江，流进大海。

从岷江开始疏导长江，向东另外分出一条支流称为沱江；又向东到达澧水；经过洞庭湖，到达东陵；再向东斜行向北，淮河汇入；再向东流进大海。

疏导沇水，向东流就称为济水，流入黄河，黄河水溢出河道，形成荥泽；又从定陶的北面向东流，又向东北，与汶水汇合；再向北，转向东，流入大海。

从桐柏山开始疏导淮河，向东与泗水、沂水汇合，向东流进大海。

从鸟鼠同穴山开始疏导渭水，向东与沣水汇合，又向东与泾水汇合；又向东经过漆沮水，流入黄河。从熊耳山开始疏导洛水，向东北，与涧水、瀍水汇合；又向东，与伊水汇合；又向东北，流入黄河。

疏通弱水到合黎山，下游流到沙漠。疏通黑水到三危山的水路，导流入南海。

在冀州，他从壶口开始治理黄河之水，治理梁山和它的支脉。太原治理好了以后，又治理到太岳山的南面，覃怀一带的治理取得了成效，又去治理漳水，让它横流入黄河。大禹带领民众把冀州的恒水、卫水的河道也疏通，整个大陆泽国也给治理好了。

兖州之地为大平原，有9条大支流流入黄河。大禹带领民众，疏通9条河，把水导入雷夏之地，在雷夏筑堤防，让雷夏成了湖泽，让滩水和沮水汇合流进了雷夏泽。兖州的人们从山丘上搬下来住在平地上，兖州栽种桑树的地方都已经养蚕。

渤海和泰山之间是青州，大禹在青州把潍水和淄水的河道疏通了，把水流引入了渤海。黄海、泰山及淮河之间是徐州，大禹把淮河、沂水的河道疏导畅通，治理好以后，蒙山、羽山一带已经可以种植庄稼了。淮河与黄海之间是扬州，大禹把3条江水引入大海，震泽也获得了安定。那里的土是潮湿的泥，那里的草长得很茂盛，那里的树长很高大。

在荆州，沱水、潜水疏通以后，云梦泽一带可以耕作了，洞庭湖成了调节长江流水的大水库，长江、汉水滚滚奔向海洋。人们在长江、沱水、潜水、汉水上都能畅通行船了。在豫州，把伊水、瀍水、涧水都引入洛水，又把洛水引入黄河。在孟猪泽筑起了堤防，疏通了菏泽。

华山南部到怒江之间是梁州，岷山、嶓冢山治理以后，沱水、潜水也已经疏通了。峨眉山、蒙山治理后，和夷一带也取得了治理的功效。

黑水到西河之间是雍州，弱水疏通已向西流，泾河流入渭河之湾，漆沮水已经汇合洛水流入黄河，沣水也向北流同渭河汇合。

经过13年的治水，大禹治理好九州九河，四方的土地都已经可以居住了，9条山脉都伐木修路可以通行了，9条河流都疏通了水源，9个湖泽都修筑了堤防。大禹治水有功，受到众部落的敬重和爱戴，受到推崇，建立了夏朝，九州由此统一。

在大禹王的治理下，咆哮的洪水、河水失去了往日的凶恶，驯服得平缓地向东流去，昔日被水淹没的山陵露出了峥嵘，农田变成了粮仓，人民又能筑室而居，过上幸福富足的生活。

大禹精神

大禹精神内涵及现实意义

　　大禹是中华民族的英雄，几千年以来，大禹治水的故事代代传颂，世代人们无不尊崇。大禹不仅是人类历史上最伟大的治水英雄，更是华夏立国之祖。大禹治水故事、人们崇禹拜禹分布之广，华夏子孙对大禹感念之深，人们瞻仰大禹遗迹，崇禹祭禹，进行大禹精神与华夏文明学术论坛，旨在弘扬华夏文明始祖大禹彪炳千秋的伟大精神，挖掘悠远的华夏历史文脉与深厚的华夏文化底蕴，促进民族团结和谐，增强中华民族向心力和凝聚力，增强国家认同、民族认同和文化认同，构建仁爱尚善的精神家园。大禹治理水患，终达地平天成，立夏朝，开启华夏文明。这对于中华民族的形成和华夏国家的产生有着决定性的作用。几千年来，被历代贤人继承发扬，丰富深化，并投入时代的影子，寄托自己的理想，使大禹精神超越时间的界限，不断得到升华，成为一种民族精神，被千古传颂，万民仰止。大禹治水文化是中华文化的精髓，大禹精神与中华民族的精神一致，大禹治水精神是中华民族精神的象征，弘扬大禹精神在当今的新时代中更具有其现实意义。

以人为本、民为邦本的民本思想

大禹治水救民，治水安民，治水利民，治水兴国，治水保国，治水强国，经受了历史的检验，受到了人民的爱戴。大禹治水形成了华夏最初的以人为本的民本思想。《尚书·皋陶谟》中大禹说："安民则惠，黎民怀之。"意思是说，使人民安宁，让人民得到实惠，人民就会永远怀念执政者。大禹定鼎九州，形成了统一的国家，建立夏朝，创立了以民为本、以德治国的思想。《尚书·五子之歌》大禹说："民可近，不可下。民为邦本，本固邦宁。予视天下愚夫愚妇一能胜予。"此话意思是说："人民只可亲近，不可鄙视，人民是国家的根本，根本巩固了，国家才得安宁，我认为天下愚夫愚妇都能胜过我。"《尚书·大禹谟》中大禹说："德惟善政，政在养民。水、火、金、木、土、谷，维修。正德、利用、厚生、惟和。"意思是说，德治就是美好的政治，德政就是对人民仁爱体恤，使人民生活得好。不仅要把"水、火、金、木、土、谷"这 6 个管理机构的职能改善运行好，还要注意"正身之德""利民之用""厚民之生""协民之和"。大禹的爱民之心还体现"五音听治"，《淮南子·汜论训》："当此之时，一馈而十起，一沐而三捉发，以劳天下之民。"《庄子·天运》："禹之治天下，使民心变，人有心而兵有顺，杀盗非杀，人自为种而天下耳。"《墨子兼爱》："禹之征有苗也。非以求以重富贵、福禄、乐耳目也。以求兴天下之利，除天下之害，即此禹兼也。"

在建设有中国特色社会主义伟大事业面临的任务中，倡导和弘扬大禹精神，具有十分重要的现实意义。弘扬大禹精神，把"民本"思想发扬光大，我们必须坚持党的全心全意为人民服务的宗旨，真正做到"重民、爱民、护民、富民、教民"，关心群众疾苦，尽全力保护人民的利益、人民的生命财产，带领群众脱贫致富，全面提高人民群众的素质，切实建立好社会主义民主政治制度，使"民本"思想得到真正地落地落实。

弘扬大禹精神，就是要发扬以人为本、民为邦本的民本思想。大禹的首要精神就是重视民情，顺应民意，以民为本。《左传·昭公元年》："美哉禹功，明德运矣。"大禹"敬民、养民、安民、教民"的思想和行为，不论是在当时还是后世都得到了赞颂和传承。以民为本思想在华夏儒学思想中得到延续和弘扬。商代傅相主张重民。周公主张"德保民"。孔子主张"修己以安民"。孟子主张"民为贵……君为轻"。从秦始皇统一六国到清末，历代帝王都亲祭或遣使致祭大禹。现代国家领袖不仅传承大禹的民本思想，而且做了创新发展。孙中山提出以民族、民生、民权的三民主义的民本思想。毛泽东"全心全意为人民服务""一切为了人民的利益"的民本思想。邓小平提出"紧紧依靠人民群众，是我们党充满力量的不竭源泉。不坚持社会主义，不改革开放，不发展经济，不改善人民生活只能是死路一条"的民本思想。将"人民群众的根本利益看成最根本的目标，以人民群众答应不答应、高兴不高兴、赞成不赞成、拥护不拥护，作为判断我们改革和发展成功与否的标准"。邓小平的这种"民本"思想是中华民族文化传统中的优秀"民本"思想的反映。江泽民"立党为公，执政为民"的民本思想。他强调："贯彻三个代表要求……本质在贯彻执政为民。"胡锦涛提出了"情为民所系，权为民所用，利为民所谋"的民本思想。他强调："科学发展观……核心是以人为本。"进入新时代，习近平总书记提出"坚持以人民为中心"的民本思想。他强调："人民是历史的创造者，是决定党和国家前途命运的根本力量。必须坚持人民主体地位，坚持立党为公、执政为民，践行全心全意为人民服务的根本宗旨，把党的群众路线贯彻到治国理政全部活动之中，把人民对美好生活的向往作为奋斗目标，依靠人民创造历史伟业。"大禹的民本思想到当今中国领导人的民本思想，是一脉相承、完全一致的传承与弘扬。

严于律己、以身垂范的德行楷模

大禹的功绩不仅体现在治水上，而且体现在立国之后的治国为民上。史籍中记载大禹"卑宫室""非饮食""恶衣服""绝旨酒"等严于律己、以身垂范、勤政廉洁的行为。《战国策·魏策》记载："昔者帝女令仪狄作酒面美，进之西。禹饮面甘之，遂疏仪秋，绝旨酒。曰：后世必有以酒亡其国者。"《淮南子·秦族训》载："仅狄为酒，禹饮面甘之，遂疏仪秋而绝旨酒，所以流之行也。"大禹从酒的美味中预感到酒有危害性，担心后世出现以酒误国者，他带头戒酒，并疏远了善于酿酒的仪狄。《史记·夏本纪》说大禹"声为律，身为度，称以出，伟伟穆，为为纪"。这是说大禹以身作则，严于律己，纲纪严明。大禹对民众的教育很重视，见到犯罪之人能作反躬自责。《吴越春秋越王无余外传》："见人，禹抚背面哭。益曰：斯人犯法，斯合如此，哭之何也？禹曰：天下有德，民不事天下无道，罪及善人……吾为帝统治水土，调民安居，使得其所。今乃罹法如斯，此吾德薄，不能化民证也，故哭之悲耳。"对于犯罪的人，大禹首先检讨的是自己的德行不够，对他们教化不力，责任在自身。《论语，泰伯篇》载：子曰："禹，吾无间然矣。菲饮食而致孝乎鬼神，恶衣服而致美乎黻冕；卑宫室而尽力乎沟洫。禹，吾无间然矣。"意思是，孔子说："于禹，我没有什么可以挑剔的了。他的生活很简单，他尽力去孝敬鬼神；他穿的衣服很简朴，但祭祀时尽量穿得华美；他自己住的宫室很低矮，而致力于修治水利事宜。对于禹，我确实没有什么挑剔的了。"《史记·夏本纪》："禹为人，敏给克勤，其德不违，其仁可亲，其言可信。"大禹治国理事，依常德治和法治相结合，"德为善政""惟德动天"。大禹做业修德，使天下宾服于已。大禹的德政、德治、德行，一直受到后世的敬仰和遵从。仁义道德，是中华民族传统文化的核心价值，是衡量正人君子与小人的标准。仁义道德成了中国历代的主张，选人要德才兼备以德为先。

弘扬大禹精神，就要继承和发扬大禹严于律己、身先士卒、以身作则的优良作风。在努力实现百年奋斗目标的当今中国，我们要狠抓以反腐败斗争为手段的党风廉政建设，努力建设一支清正廉洁的干部队伍，不断增强党员干部的党性，提高防腐能力；从严治党，严格执纪，抓好党风廉政建设，恢复和发扬党的优良传统和优良作风，以促进社会风气的根本好转，以重塑党在人民群众中的光辉形象，增强党的凝聚力、战斗力、创造力。

百折不挠、自强不息的奋斗精神

在史前神话中有"洪水朝天"的故事。《尚书·尧典》说："汤汤洪水方割，荡高怀山襄陵，浩浩酒天。"在大禹治水之前，曾有共工治水，伯治水，但都失败了。《史记·夏本纪》说："治水，九年而水不息，功用不成。"大禹临危受命，身先士卒，带领万国之民治理洪水，艰苦卓绝，百折不挠求生存，自强不息求发展，备受后世称颂。《尚书·益稷》记载，大禹向舜帝作汇报："洪水溜天，浩浩怀山襄陵，下民昏垫。予乘四载，随山刊木，暨益奏庶鲜食。予决九川，距四海，浚畎浍，距川。暨稷播，奏庶艰食鲜食。懋迁有无化居。蒸民乃粒，万邦作又。"意思是说，通过大禹的卓越领导和艰辛努力，治水成功，民生安定。《史记·夏本纪》详细叙述了大禹治水的艰难业绩："陆行乘车，水行乘船，泥行乘撬，山行乘撵。左准绳，右规矩，载四时，以开九州，通九道，陂九泽，度九山。"大禹艰苦奋斗的作风，史籍多有记载。《庄子·天下》说："禹亲自操耒耜而九杂天下之川，腓无胈，胫无毛，沐甚雨，栉疾风，置万国。禹大圣也，而形劳天下也如此。"《韩非子·五》说："禹之王天下，身执耒臿，以为民先。股无胈，胫不生毛，虽臣虏之劳不苦于此矣。"意思是说，大禹治水累得大腿不长肉，小腿不长毛，就是犯人和奴隶服劳役也不过如此。

为了完成治理洪水的伟大事业，大禹与民众战斗在治水第一线。大禹吃的是粗茶淡饭，穿的是最破旧的衣服，住的是极其简陋的房屋，把所有财物都用于治理洪水的事业上。一年四季，大禹为治理洪水而奔波劳碌，他亲自拿着锄头、铲子带头劳作，累得大腿没有了肉，小腿磨得不长毛。正是他这种百折不挠求、自强不息的奋斗精神，成为我国历史上人类勇于向自然挑战的典范。

尊重自然、因势利导的科学精神

《史记·夏本纪》说："治水，九年而水不息，功用不成。"大禹临危受命，对治水方略进行改革创新，改堵为疏。大禹注重调查研究，尊重科学，顺其自然，按客观规律办事。《史记·夏本纪》载"左准绳，右规矩，载四时""行山表木，定高山大川"。大禹跋山涉水，走遍了当时的华夏大地。《吴越春秋·越王无余外传》说，大禹"巡行四渎，与益爱共谋，行到名山大泽召其神而问之山川脉络，金玉所有，鸟兽昆虫之类，为八方之民俗。殊国异域，土地数量，使益流而记之，故名之曰《山海经》"。大禹通过大量艰苦细致的调查研究和实地助测之后，制定了科学的治水方略。西周青铜器"遂公盨"记载："天命禹敷土，随山浚川，差地设征。"《尚书·禹贡》："禹别九州，随山川，任土作贡。禹敷土，随山刊木，奠高山大川。"大禹在总结前人经验教的基础上，又吸收了广大民众的意见，不断创新发明，《尚书·禹》和《史记·夏本纪》对大禹科学治水进行了记述，形成了导堵、分、避等多种治水方法。大禹治水之后的中国历代水利工程，无不体现以疏导为主的中华民族治水精神。

在远古时代发生了不可抗御的大洪水，几乎灭绝了人类所有，而只有在中国的神话中，才有滔天洪水被大禹制服的记载。这种人定胜天的民族信念，一直激励着中国人民与自然灾害进行坚持不懈的斗争。在历史的长河中，中华民族就是靠着这种人定胜天的信念，战胜了一个又一个困难，顽强地繁衍生息，并创造出灿烂的中华文明。其中都江堰水利工程是最好的例证，几千年以来仍起着重要的水利作用，万代受益的都江堰，使成都平原"水旱从人，不知饥馑"，从此成都被誉为"天府之国"。

弘扬大禹精神，就是要发扬大禹尊重自然、因势利导的科学精神。尊重自然、坚持人与自然和谐共生，是新时代中国特色社会主义建设的基本方略之一，是新时代处理人与自然关系的理论原则和实践指南。"生态兴则文明兴，生态衰则文明衰。""走向生态文明新时代，建设美丽中国，是实现中华民族伟大复兴的中国梦的重要内容。"必须把生态文明建设放在突出位置来抓，尊重自然、顺应自然、保护自然，筑牢国家生态安全屏障，实现经济效益、社会效益、生态效益相统一。

民族融合、九州一家的团结精神

中华民族与世界上其他民族相比，大一统思想观念是最为强烈的，这大一统的思想的出现与大禹治水活动有直接的关系。大禹带领民众在广泛考察的基础上形成"河图"，找到了有效的治水方法，疏导治水。在治水的过程中，大禹组织和动员各方面的力量密切配合，形成了九州一家、共谋发展的民族大团结精神，推动了各族群间的交流、渗透、融合，促进了华夏民族的形成和发展，形成了中华民族大一统的思想。《淮南子·原道训》："禹知天下之叛也，乃坏城平地，散财物，焚甲兵，施之以德，海外宾伏，四夷纳职。合请侯于涂山，执玉帛者万国。"正是大禹的大爱之心，赢得了天下人的爱心，得民心者得天下，才有万国拥戴，九州共融，九州共和，建立起华夏第一个国家政权——夏王朝。

在新的历史时期，继承和弘扬大禹精神，就是要发扬大禹九州一家、共谋发展的民族团结的精神，维护祖国统一和各民族大团结，加强民族地区的经济发展和社会进步，实现各民族的共同繁荣。

三过家门、公而忘私的奉献精神

大禹大公无私的奉献精神集中表现在治水为民和治国为民。《史记·夏本纪》说:"禹伤先人父功之不成受诛,乃劳身焦思,居外十三年,过家门不入。"《汉·郊祀志》:"夏书:禹堙洪水十三年,过家不入门。"大禹没有因为父亲治水不成受诛面有怨气,而是一心为公,全力投入治水工程。《孟子·隣文公》说:"禹疏九河然后中国可得而食也。当是时也,禹八年于外,三过其门而不入,虽欲耕得平。"《墨子·大取》:"为天下厚禹,为禹也。为天下厚爱禹,乃为禹之人爱也。厚禹之加于天下,而厚禹之不加于天下。"

禹以为民造福为己任,既无畏惧,也无怨恨,义不容辞地挑起了治理洪水的重担。为完成治水任务,他远离家乡、亲人,结婚第四天就上了治水第一线,在外面奔波了13年,曾有3次路过家门,也没有顾得上进屋去看一看。大禹治水表现出来的这种公而忘私、为民造福的奉献精神一直为中华民族所推崇。无数中华儿女在国家危难、人民倒悬的紧要关头,挺身而出,舍生取义,前赴后继,都是这种精神的体现。我们要更好地弘扬公而忘私、一心为民的奉献精神,让我们的社会更加和谐美好。

以德服人、以法治国的善政精神

大禹时期,如何使众多的部落能够"宾服于己",使政令统一,是一件不容易的事。大禹领导治水,建立夏国治理政事,从不倚仗权势,而是依靠德治和法治,那就是"敬业修德,以身垂范,使其感怀",因此《史记》里说他"其德不违"。《尚书·大禹谟》载:大禹认为"德惟善政,政在养民",意即美好的品德,表现在善于治理政事上,治理政事重要在于教养民众。可见，大禹正是靠德来感化民众的。《史记·太史公自序》里说："维禹之功，九州攸同，光唐虞际，德流苗裔。"大禹的德政，九州共享，而且流布到子孙后裔。

大禹在以德治国的同时，还十分重视辅之以法。《汉书·刑法志》说："夏有乱政，而作禹刑。"《吴越春秋》载禹"造井示民，以为法度"，这可说是我国国家立法、司法的起源。大禹理政，赏罚结合，史称禹"封有功，爵有德。恶无细而不诛，功不微而不罚"。大禹认为，只有施德政，才会减少犯罪，才能得到人民的拥护，刑罚只是维护国家统治的辅助手段。

在以法治国的今天，我们除了要完善相关的法律法规外，在社会治理过程中，我们也要弘扬美好的人性、品德，以德服人，以德规范人们的社会行为，用善德、美德促进社会美好发展。

参考文献

1. 文渊阁《四库全书》电子版　上海古籍出版社（《史记》《吕氏春秋》《孟子》《尚书》《吴越春秋》《左传》《墨子》《帝王世纪》《战国策》《山海经》等）

2. 王国维《古史辩证》清华大学出版社 1994 年

3. 李绍明《从石崇拜看禹羌关系》

4. 王兰生 杨立铮 王小群 段丽萍《岷江叠溪古堰塞湖的发现》

5. 张泽洪《岷江上游羌族大禹崇拜的再研究——以汉文史籍为中心》

6. 清 李锡书《汶志纪略》

7. 李祥林《大禹崇拜在川西北羌族地区》《川西北岷江上游的禹迹羌风》《民间叙事和身份表达——羌区大禹传说的文学人类学探视》

8. 阿坝藏族羌族自治州文化局《中国民间故事集成·羌族故事集》上册 1989 年 1 月

9. 顾颉刚《山海经中的昆仑地区》《中国社会科学》1982 年 1 期

10. 张典 主修《松潘县志》民国

11. 李学勤《禹生石纽说的历史背景》《大禹及夏文化研究》巴蜀出版社 1993 年　《论遂公盨及其重要意义》中国历史文物 2002 年

12.《石泉县志》清乾隆三十三年版

13. 王清贵 钟利戡 主编《大禹史料汇集》

14. 谭继和《岷江上游历史文化与江源文明》《首届岷江上游历史文化与江源文明学术研讨会论文集》《大禹精神与华夏文明》

15. 彭邦本《青阳降居江水与江源文明的起源》《首届岷江上游历史文化与江源文明学术研讨会论文集》

16. 《理县志》《理番厅志》《茂州志》《汶川县志》

17. 祝世德《大禹志》

18. 李德书《禹生石纽在北川》《大禹精神是中华民族精神的象征》大禹文化期刊

19. 四川省社会科学院禹羌文化研究所《大禹文化》

20. 常松木《简论大禹精神的内涵》

21. 李殿元《禹羌文化与国家起源》

22. 冯广宏《西羌大禹治水丰功史》

23. 禹羌文化研究编委会《禹羌文化研究》第一辑

24. 李德书 杨国庆《走近大禹故里 再思中华文明起源》

25. 谢光鹏《大禹精神的内涵及其现实意义》《禹生北川信有征》《禹生之地在北川》

后　记

　　"岷山导江，东别为沱"，"禹兴西羌""禹生石纽"的历史记载让大禹与"羌"与岷山有着久远而又深厚的关系。禹是羌人，禹生于岷山石纽，禹从岷山开始疏导洪水，治理天下洪患，成了共识。

　　大禹治理洪水从岷山开始，然后走向天下，成了世人尊敬的圣人，被尊称为大禹、禹王、夏禹王等。他治理洪水的事迹感动天地，让后人为之传颂，在中华汉文典籍中，关于大禹治理洪水的事迹，在岷山中生活的羌人传承着许多关于大禹治水的故事。岷山地区的汶、理、茂、北川，不同区域的大禹传说亦因地方文化和民间意识的熏陶濡染而丰富多彩。汶川、北川、理县、茂县、都江堰等岷山羌地各县大禹传说，表达着各地民众的意愿。在各村寨中建起禹王庙、禹迹庙、禹王宫、禹王祠、禹迹庙等各式庙宇进行祭祀，传承着大禹"三过家门而不入"的大公无私、天下为公的精神。在羌人释比唱经中，专门有《颂神禹》经典来唱颂大禹治水故事，祭祀大禹。岷山中的很多山名、地名与大禹治水事件相关，传承着大禹治水的相关故事。这些共同构成了岷山羌地大禹传说的整体。

　　本书以"岷山"为叙事界域，从文献到文物、从地名到胜迹、从仪式到民艺，是对所收集资料的梳理和归类，在收集资料基础上对大禹治水故事进行了创作表达，意在传承大禹文化，弘扬大禹精神。

研究者通过古代文献研究、地下文物探考，旨在证明大禹是真实的历史人物，而民间的大禹治水的故事成了传说人物。历史久远，文献和传说丰富多彩，因撰写水平有限，书中出现的错漏之处，还望读者诸君见谅和不吝赐教。《禹迹岷山》主要对岷山羌地、禹地的禹迹进行调查了解和书写，深感工作进行得不全面、不完善，还有很多缺漏之处，力求在以后的工作中加以丰富和完善。

王明军

2020 年 11 月 14 日